经典照亮前程

七叶树文化出品

小家伙

一个真实的故事

［英］凯文·路易斯◎著　　张富华◎译

华东师范大学出版社

献给我最亲爱的妻子洁姬

我的朋友，我的爱人，我的生命

谢谢你

—— 凯文·路易斯

凯文·路易斯
Kevin Lewis （1970- ）

　　1970年9月出生在英国伦敦的一个极为贫困与混乱的家庭，自幼受父母虐待、遭社会排斥，度过了噩梦般的童年。17岁离开寄养家庭，独自谋生，因生活所迫而混迹黑道，被称为"小家伙"。2003年，他写了第一部自传体小说《小家伙》，成为英国畅销书排行榜冠军。2010年小说被拍成电影。现在他是一名犯罪小说作家，与妻子、两个孩子居住在英国萨里郡。

出版说明

《小家伙：一个真实的故事》是英国作家凯文·路易斯根据自己的成长经历所写的一部传记作品。

凯文·路易斯 1970 年出生于英国伦敦东南部，因为家庭的贫困和债务，他的童年是在政府提供的简陋的铁皮房子里度过的。从记事起就三餐不保，还常常遭到父母的殴打，在学校时不时地被同学欺负、嘲弄与排挤。他迫于生计，很早步入社会，混迹黑道，被起了个外号叫"小家伙"，从此行走在堕落与崩溃的边缘，过着几近绝望的生活。这个"小家伙"的生存处境是一个实实在在的"悲惨世界"，说他是新时代的"雾都孤儿"一点也不为过。但他凭着自己的忍耐和内心不断升起的对爱与光明的渴望，坚守底线，努力工作，终于走出了黑暗的日子，过上了幸福的生活。回首过去，他依然心有余悸。不过，他为了妻子和孩子，也为了更多有过他那样经历的人，为内心同样经历过苦难、挣扎、委屈、扭曲的人们，为正处在黑暗生活中的人们，更是为了爱，最终鼓起勇气，把这段黑暗扭曲的经历记录下来，公之于众。作品在 2003 年由英国著名的企鹅出版社出版，一经问世，即反响热烈，连续 18 周荣登英国畅销书排行榜，6 周蝉联第一名。2010 年被拍成电影，中文译名《街头儿》。

英国著名作家狄更斯早在 100 多年前，就在小说《双城记》的开头写道："这是最好的时候，这是最坏的时候；这是智慧的年代，这是愚蠢的年代；这是信仰的时期，这是怀疑的时期；这是光明的季节，这是黑暗的季节；这是希望之春，这是失望之冬；

人们面前有着各样事物，人们面前一无所有；人们正在直登天堂，人们正在直下地狱。"事实上，无论身处何种时代，每个人的人生篇章都是由自己写就的，每个人的人生之路也都是由自己一步一个脚印走出来的，是从天堂到地狱，还是从地狱到天堂，是从光明到黑暗，还是从黑暗到光明，得看每个个体的选择与努力。本书里的"小家伙"从记事开始便生活在天天挨打受骂、食不果腹的悲惨境地中，如果不是内心深深地怀有对人性中的爱与光明的信念，那么等待他的未来将是暴力、犯罪和堕落，这几乎是必然的结果。最难得的是，他是一个孩子，无人保护，无人爱护，少有亲情，难得友情，他在如此悲惨的境遇中最终没有堕入深渊，而是冲破了黑暗的罗网，走向了光明。这恐怕是成年人都难以做到的事情。这充满惊险曲折、催人泪下的经历，由作者在书中逐一真实恳切地娓娓道来，令人感动与震撼。

我们引进出版这部作品，希望广大读者能从凯文·路易斯这个"小家伙"的苦难与扭曲、忍耐与信念、爱与勤奋的人生经历中汲取珍贵的生命养料，正如他在书中所说："那正是一个人所能寻求的——隧道尽头的一束光……"

面对这样一部感人至深的好作品，我们在编审过程中秉持忠于原著的态度，务求文字精准、风格谐应，力争把这部优秀作品原汁原味地奉献给广大读者。在此谨向为本书付出辛勤劳动的相关工作人员，特别是译校，表示衷心的感谢！

小家伙：一个真实的故事

The Kid - A True Story

卷 首 语

这本书最初是为我的妻子洁姬写的。多年来，我对自己的过去一直绝口不提，那些曾经发生的事情让我感到羞耻，我拼尽全力想把它们从记忆中抹去，但最终，我决定把我的生活讲给我最爱的这个人听。我想让她理解我是谁，理解过去发生在我身上的事情。

书写完后，我决定将它出版，因为我希望其他人也能理解一个没有希望、经受多年肉体和精神折磨、长期承受饥饿之苦的小孩的感受。我希望我能让大家更多地理解为什么有些孩子会深陷歧途，这样我们才能找到办法帮助他们，让他们不再感觉那么害怕、被遗弃、孤苦伶仃。

当我第一次抱着我儿子的时候，我意识到自己必须要采取措施来驱除锁在我心中的恐惧了。我必须清除它们，让我儿子的人生正确起步。我的故事再也不能够悄悄烂在肚子里了。

低头凝视他沉睡的小脸蛋，就像看着刚刚来到世界时的自己。他看上去那么脆弱，那么无助，我不顾一切地想要给他完美的一切，给他父母所能给的最好的开始，确保我的过去永远不会伤害他或者让他不开心。当我抱着他的时候，我为了生存而深藏压抑在潜意识中的所有记忆，都开始闷烧、燃起，模糊了我的双眼，让我的胸口发紧。

儿子是我们的第二个孩子。我之前也经历了类似的恐惧。我女儿 1995 年出生时，我是那么害怕自己会是一个糟糕的父亲，怕自己会伤害她。那时候我已经发现了一些曾支配了我的童年和成长过程的秘密，我无从知晓我父母的疯狂——那导致了我多年悲惨生活的疯狂——会不会也在我的心中滴答作响，像一颗等待爆炸的定时炸弹。我的新生活看上去那么完美，但这一切都很可能再次变成噩梦，因为我不知道自己能否成为一个好父亲。有时候，夜深人静，我躺在床上，背对着我的妻子洁姬，偷偷哭泣，为过去发生的一切，也因为我如此害怕之前的模式会重演。我还是不敢把整个故事暴露给洁姬或者外界。三年后我的儿子出生时，我已经足够勇敢，可以直面心中的恶魔，并把它们分享给我最爱的女人和整个世界。

我并不擅长谈论自己或表达自己的情感。我想这一点很明显，因为我甚至没能向自己的妻子讲述我的过去，而她总是那么善解人意，从来也不过问。然而，现在我相信，我欠她一个坦白，我要告诉她我是谁，向她描述我早年生活过的一些地方。我一直无法当面讲给她听，因为太丢人，所以我决定诉诸笔墨。

我想，这之所以值得写成一本书，是因为我被迫过了三十年的生活那么不同寻常甚至骇人听闻，还因为它表明，尽管童年生活一团混乱、青年生活堕入谷底、以致你再也不相信生活值得过下去，但你依然可以爬上来，过上幸福美满的生活。

我想读者一定会震惊：现代的英国居然还会允许一个小孩流落于社会网络之外，任人宰割，使他只能相信除了走向犯罪之外别无选择。我希望读者会欣慰：爱拯救了我，坚持也有了回报。对于我早年做过的每一件事，我并不感到自豪；我只想说明像我这样的孩子是如何为了生存而别无选择。我想要的只是别人给我一个展现自己能力的机会。然而外界总是无情，不能宽容它无法理解的差异。孩子们确实经常做错事，但如果大家愿意花点时间，不怕麻烦，去问正确的问题，就会发现他们做错事都是有原因的。或许，你们读了我的故事之后，会更了解应该问什么问题、给什么帮助。我希望你们读完之后，会跟我一样坚信小孩子永远、永远都不该被应当保护他们的人殴打或虐待。

第一章　粉色的铁皮房子

　　我生于 1970 年 9 月 8 日，所以这并不是发生在"过去的苦日子"里的故事，这一切都发生在英国社会为其文明开化而骄傲的时期。我们是福利国家，有儿童保护法，有好心人组成的队伍，他们致力于为出生在社会最底层的儿童缔造一个公平的世界。然而，他们依旧不能拯救我免于自己家中等候我的命运。

　　我的出生证明上写着我们住在吉普赛山，位于南伦敦的水晶宫附近，但我只记得我们住在"马掌"——萨里郡克罗伊登区新阿丁顿地区英王亨利路附近的一排曲线状排列的房子，所以我们家肯定是在我太小还不记事时就搬到了那里。其实我们住在哪里都无所谓，因为只要是我们家住过的房子，很快都会变成同一个样子。

　　南伦敦郊区那一带，是一片偏僻蛮荒之地。那里有一排排二十世纪建造的社会保障性住房，那些住不起城里的人都住在这里；夹杂着整条整条街的沉闷的经济适用房，那些渴望较为体面的郊区生活的人也住在这里。社区没有什么值得引以为豪的文化底蕴，也并不给人以归属感。在新阿丁顿，没有任何东西能够悦目或者赏心。那只是一个成千上万人不得已而居住的地方，一直住到他们的经济实力允许他们搬去更好的住处。很多家庭，比如我们家，却永远都不会搬走，就困在贫穷、债务和绝望的漩涡里。英王亨利路是一条繁忙而沉闷的长长的路，路边是一排排的铁皮房子，中间是"马掌"，尽头是塔楼，还有两边分出的岔路，不知通向何处。"马掌"，正如其名，是一条曲线形的辅路，房子位于主路后面，绕着一大片草地。如果放在今天由一家私营公司建造"马掌"，它会被称为"新月"，会绿树成荫、风景如画；而我们当年在草地上看到的，却只有一个公共电话亭和对面的房子。周围所有的房子都是波纹状的铁皮做的，而且归政府所有。我不知道设计这些房子的建筑师是否打算让它们存在几十年之久，但它们直到今天还在那里，虽然有些房子得到了改善，房顶有了新瓦片，外墙也加了木制包层。在七十年代早期，那些房子还都只是用来居住的铁皮盒子，把一户户人家装进这些便宜的地方，让他们不致流落街头。

这一排排的房子都被刷成了柔和的颜色，每一间的颜色又各不相同，可能是希望给那些不得不住在里面的人提提精神，也给这个地区增添点特色。我们的房子外面是粉色的，掩盖着薄墙里面存在的污秽和悲惨。房子后面是一个花园，花园后面是沃尔西小学的停车场和操场。

有些邻居会想方设法让自己的房子看起来很美好：仔细照料的前花园、养花的木盆和吊篮、装饰性的篱笆、漂亮的窗帘。这些为自己的房子增加色彩和生气的努力，只能让大家注意到周围是多么缺乏色彩和生气。

那样的事情完全超出我的亲生父母格洛丽亚和丹尼斯的能力和想象。仅仅活下来这件事就已经让他们力不从心了。格洛丽亚从来都懒得换下她那件睡袍，除非她要出门兑换支票；而且她从来也不知道打扫一下自家的房子，更别说装饰或者做什么改善。直到今天，我都无法让自己叫他们母亲和父亲。在极少数情况下，当我和某个兄弟姐妹聊天的时候，我总是把她叫作"你妈"。有些伤实在太深，无法愈合。

格洛丽亚是个大块头的女人，身高六英尺多，瘦，有着一个时常爆发暴脾气的人所具有的全部体力。丹尼斯身体强壮，不爱说话，而格洛丽亚是个大嗓门——而且很暴力。她从来不会用正常的声音说话，她只会喊。她从来不平静，总是很愤怒。没有人喜欢她，这让她怒上加怒。邻居们都讨厌她，因为她前一分钟还在冲他们大喊大叫，后一分钟就向他们摇尾乞怜。他们讨厌她说话一口一个脏字。英语所能提供的为数不多的几个最恶毒的咒骂语，被一股永久的怨气点燃，时不时从她嘴里喷出来，不堪入耳。当她试图对外人友好、想跟他们交朋友的时候——当然这样的时候极少，也还是气势太盛，他们都对她的猛烈个性避之不及。

丹尼斯很健壮，比她矮不少。他是英国铁路公司的一名工程师，修铁轨的，就是你有时候透过火车窗户看到的那一帮帮人当中的一员，五冬六夏，风雨无阻，穿着发光夹克，在户外工作。他头发又黑又亮，天生沉默寡言。这种天天沿着铁轨走、从不需要跟外人打交道的生活，想必非常适合他。他生活中的激情只有"猫王"埃尔维斯·普雷斯利的音乐。他是个极度内向的人，争分夺秒地工作，有时候下雨下雪还要出去，有时候还会通宵。然而，不管他工作多少个小时，似乎永远也挣不到足够的钱让我们过上哪怕稍微体面一丁点的生活。这一切给他的压力似乎太大了。他一下班回到家，就把自己关进厨房，打开录音机，一遍遍播放猫王的歌，而他则站在水槽旁默默地喝酒。想必音乐让他摆脱了现实——我也是后来才领会到的，但显然没有给他带来任何愉悦。音乐从来没让他微笑或者跟唱，除非他喝多了，才会跟着唱那些最深情的曲子。我估计他听摇滚连脚拍都没有跟着打过。音乐对他受伤的心灵来说，更像是一块包扎伤口的医用橡皮膏，而不是什么锦上添花的香膏。我想，喝酒给他带来了另一种形式的解脱，每天至少有几个小时可以麻痹失败和沮丧的痛苦。

据我所知，格洛丽亚从来没有工作过，最起码在我的记忆中没有。她总是完完全全依赖这个福利国家的救济，可是谁又能怪她呢？她有那么多孩子需要照看。每逢周一，她就到脏兮兮的购物区那边的邮局外面排队，和许许多多其他人一起，等着领政府失业救济支票①，而她领到之后立马就要花光。那家邮局似乎比周围其他店铺生意都好。由于他们家也卖彩票，所以人们就可以用自己微薄的救济金去买几线希望，甚至双脚都不用踏出邮局。格洛丽亚完全没有一点做预算的本领。不管丹尼斯周几给了她钱，到周五的时候家里还是会没有任何食物。她从来不做任何规划，也没有什么梦想。她对提高自己不抱任何希望，对我们也没有任何期待。她靠着一次接一次的救济金生活，从不考虑未来，也从不考虑让我们安然过渡到下一个周一和下一张支票。

如果支票没有按时到来，我们的压力就会大大增加。她会到窗前等邮递员来。极少有邮件会送到我们家，而如果她等得不耐烦了，就派我出去——虽然我才五岁，去附近的每条街找邮递员，看看他是不是在来"马掌"的路上了，是不是愿意把我们的邮件先给我，让我拿着跑回家，这样她就可以早几分钟拿到，就可以

---

① 英国政府发给失业人员的一种支票，可以在银行或邮局兑现。——译注

兑现，并在商店开门的一瞬间就花掉。如果邮递员那里没有我们的邮件而我只好空手而归的话，我就知道我要有大麻烦了，然后我们只好等下一次送信的时候重复这整个过程。

我们这些孩子们总是饿，没法像她和丹尼斯那样用酒和烟抚慰自己的食欲。很小的时候，我就知道父亲喜欢喝酒抽烟；尽管母亲不喝酒只喝茶，但她下嘴唇上永远耷拉着一根点燃的烟。

我们家里总是乌烟瘴气。任何一个人只要从开着的门或者透过未拉窗帘的窗户瞥一眼，就会马上知道我们这家人的日子撑不下去。实际上，他们不用看见屋里，只要看看我家前门外的一堆堆垃圾就知道了。我们的衣服总是满屋子乱丢，撒落在任何空闲的表面和很多已经乱糟糟的地方。当我们坐在沙发上的时候，大堆大堆柔软的衣服就把我们包围起来，或者被我们撞落到地上；落到地上之后也不捡起来，走路就绕过去，或者随意踢到角落里。从来没有任何东西是整理好放在橱柜里或者抽屉里的，从来没有任何东西被在乎或珍惜。前厅总是看起来像杂货甩卖的最后一小时，就等着把卖不出去的东西最后运走倒掉了。厨房里总有待洗的餐具，煎锅总是还沾着上一顿饭的油脂就直接用。从来没有任何东西是洗干净的。所有看得见的地方，到处都是污秽和混乱。格洛丽亚像暴君一样统治着这个家，当然她本身就是个暴君。有些规则完全不合情理，但是作为一个小孩子，你只能接受，她说什么就是什么。直到后来你回头看看，才发现这一切都荒谬得可怕。比如，我们的卧室里不允许有灯。或许是为了省钱，又或许是他们懒得装上灯泡，但是现在回想起来，我觉得更大的可能性是想对我们行使他们的大权，让我们知道他们是主人而我们只是错误。我们在婴儿时期或许很讨人喜欢，但到了狗也嫌的年纪，需要的管教就太多了。

浴室在一楼，外面有个厕所，但是他们不允许我们夜里下楼，怕我们偷吃冰箱里可能会残存的食物，所以如果我们要上厕所，只能用一个放在楼梯最顶端的桶。因为楼上太暗，我们并不是总能对准尿桶，所以尿会渗到裸露的地板里，形成一团团黏得发亮的污渍。有时候，弟弟妹妹们甚至懒得装模作样地用尿桶，他们直接想在哪里尿就在哪里尿。整个屋子充满尿臭味儿。

每面墙上都没有任何纸，或者就算有，也是烂成一条条地垂着。如果什么东西弄破了或者弄脏了，就一直破着或者脏着。卧室只是我们躲避格洛丽亚坏脾气的昏暗空荡的小屋。墙上满是涂鸦，有时还涂抹着人类排泄物，都是小孩子们意外尿了或者拉了，也没人操心清理。楼上和楼下的地板从来都脏得发黏。而残存着地毯的少数地方，地毯都脏得乌黑，而且因为多年的磨损和忽视，都成了破布。感觉我们就像住在荒废的房子里，就是那种等着拆迁队来拆毁或者无家可归的少年搬进去栖身的那种荒废的房子。可那不是荒废的房子，那是我们的家。

电和燃气一直都是个问题。因为格洛丽亚和丹尼斯从来不支付账单，我们被迫安装了电表和燃气表①，而即便如此，他们也总是撬开前盖门并用楔子卡住，抢走那些 50 便士的硬币。我们有时候连续好多天都用不上电，因为他们弄坏了设备或花光了钱，而只能等到下个周一，永远不变的等待邮递员到来的仪式。因为我们一直没钱，所以总是欠别人钱。每当收燃气费、收电费、收

---

①英国在 70、80 年代有一种投币式的电表和燃气表，用户须投入硬币方可使用。——编注

房租的人来敲门的时候，格洛丽亚就让我们藏起来，躲到沙发后面或者随便扯一堆衣服把自己盖起来，希望他们从窗口往里注目的时候，只能看到一派被遗弃的混乱场面。如果这一招失败，他们想办法进来了，就会出现一场喊叫大战，伴随着你一句我一句的控诉，格洛丽亚更是怒不可遏，义愤填膺地控诉生活的不公。

饥饿之痛时时侵蚀着我们的五脏六腑，所以有时候我和我哥哥韦恩会鼓起勇气从冰箱里偷东西，当然是趁父母在家里其他地方忙着的时候。我们训练自己在死寂的深夜里蹑手蹑脚地下楼，知道哪块地板不能踩，防止弄出动静被听到。从来也没有什么可选的食物，只要发现任何吃的，我们就填进嘴巴，尽可能迅速地吞下去，以免被抓住之后被迫从嘴里吐出来。如果只有生香肠或生土豆，我们也照样狼吞虎咽。丹尼斯喜欢吃小牛肉火腿派，如果他留了一个在冰箱里过夜，我们会设法拿到，宁愿勇敢地面对后果，只为减轻饥饿之苦。

我像很多小男孩一样，几乎每夜都尿床，这时我就喊我的母亲，我很怕告诉她，但不知道除此之外还能怎么办。我很快就学会了不要告诉格洛丽亚，因为她会用巴掌打我的湿皮肤，这样打得更疼，而且她还会把我推到楼下，强迫我睡在浴盆里，只丢给我一块脏毛巾当毯子，以此给我一个教训。

"你这个操蛋的脏逼！"她在下半夜对着我仍在沉睡的耳朵大声喊叫，因为我把她从疲惫的睡眠中吵醒而怒不可遏，推我，掐我，扇我，够得着我哪里就打我哪里，我根本躲不开。

我会尽快按照她说的去做，躺在冷冰冰硬梆梆的浴盆里，直到她回到楼上，然后我蹑手蹑脚地爬出浴盆，爬到浴室的地板上，设法再找一块毛巾铺上，因为地板上比冰冷的金属浴盆里暖和。

我硬撑着不敢睡得太沉，万一睡沉了没有听到她早晨下楼走进来的声音就惨了，所以我下半夜就是一阵一阵地打瞌睡。我一旦听到她在楼上有动静，就赶紧爬回浴盆，假装熟睡。很快我就学乖了，尿床之后如果能控制自己不喊她，就不要弄醒她。我发现，如果在尿湿了的地方躺久了，身体的温度会把它弄干。她永远也不会发现尿渍，因为她从来不换铺盖。脏东西和尿液混合的味道笼罩在我们身上，也弥漫在我们周围，第二天，这气味就在我们的衣服里、头发里、皮肤里跟我们一起去上学。

我的夜晚经常跟白天一样令人恐惧，噩梦缠身。有时我在黑暗的屋里醒来，想都没想就张口喊我的母亲，但是一听到她沉重的脚步走向我的房间，我立马就后悔了，于是我蜷缩成一团，把被子拉上来蒙住头，以此对抗逃不过的雨点一样的拳头。我很早很早就学会了扼制自己天生的孩子本能——恐惧或者不开心的时候就找母亲。我不得不学会把害怕和痛苦都藏在心里，自己应付这些情绪，因为如果我因自己的问题而以任何方式惹恼了她，只会让一切更糟糕。

"你他妈的又嚷嚷什么，你妈逼！"当我想抱着她告诉她我为什么被吓到的时候，她用自己最高的声音喊道，"看我不把你的屎打出来，你给我睡浴盆去。"

噩梦会招来和尿床一模一样的惩罚。她会抓着我的头发，把我拖到楼下，拖进浴室。当她抓着我头发的时候，我学会了拽住她的手不放，这样可以减轻拉扯的力道，缓解疼痛。在任何情况下，为了提高生存的几率，总有一些技巧可以利用，通常都是本能反应。我越哭喊着求情，她就越狂暴。我推断，如果我一声不吭地接受惩罚，就会结束得快一点，但有时候我的沉默只是为她的盛怒添了一把火。我畏惧地站在那里，嘴唇颤抖，无声的眼泪从脸上滑下来。她把这视为某种无言的傲慢，因而继续攻击我，直到我疼得再也控制不住，放声大哭。我想她需要听到痛苦的喊叫来证明她的控制力。

她的愤怒总是瞬间爆发成暴力：有时候手脚并用痛打我们，有时候又会抓起一根棍子或者腰带或者随手抓起的其他东西，如此打起来更见效。她用手打我的时候，用力那么大，会在我的皮肤上留下凸起的巴掌和大手指印，一连好几个小时都留在身上。有几次最暴怒的时候，她疯了一样地咬我们、抓我们，让人联想到一条野狗。保护自己的最好方式就是蜷缩成一团，保护好脸和主要器官。我那时候太小了，根本没法保护自己，只能求情，"对不起，妈咪！对不起，妈咪！不要啊，妈妈！不要啊，妈妈！"就一直这样。

一天夜里——我那时候估计还不到六岁，我从沉睡中醒来，有一种不熟悉的感觉。有人抱着我，但又不是平常那种抱法。我没有被控制，也没有被痛苦地拖往我不想去的某个方向。似乎没有任何愤怒或者咆哮。我当时还在半睡半醒的状态，一头雾水，我知道自己觉得很舒服，有种被呵护的感觉，但又不知道为什么。当我苏醒过来的时候，才发现满屋子都是异常的状况。抱着我的胳膊是陌生的，是一个男人的胳膊，尽管他小心翼翼地不想让我惊慌，但还是急急忙忙的。气氛紧张，我们下楼时，我能听到屋外的噪音和发动机运转的声音。当我们进入被照亮的街道时，我才发现抱着我的这个男人戴着头盔，穿着制服，然后我意识到他是一名消防员。我没有感到害怕，因为他把我带到街上时显得那么平静。看上去我没有任何危险。

空气里弥漫着烟味，停在路边的消防车发出很大声响，熄灭了隔壁铁皮房子里发生的火灾。当他把我放下来，和大家一起去察看火情时，我感到很悲伤。我永远不会忘记被消防员抱着的那几分钟的感觉，我以前从来没有体验过如此温柔、充满关爱的情感。

我哥哥韦恩只比我大一岁，我们下面是雪伦和朱莉，再往下是罗伯特和布兰达。格洛丽亚一直喜欢韦恩，不喜欢我，而雪伦和朱莉比我文静多了，也不太可能惹恼她。所以我是她最为痛恨的孩子，直到后来罗伯特分担了我的角色——当她的出气筒。布兰达是家里最小的孩子，也是她的另一个最爱，和韦恩一样。这种情况我们都理解和接受。那时事情就是这样的。

格洛丽亚对我的欺凌并不局限于肉体上。她不仅对我拳打脚踢、又抓又扇、拽我的头发、有时甚至咬我，而且还劈头盖脸地辱骂我，说我"可悲"，说我是"同性恋"。"凯文是个同性恋小杂种"，她会一遍遍地重复。每次她说我多么没用的时候，她的脸离我的脸只有一英寸，她的牙齿因为愤怒而咯咯作响，把四个字母的单词①砸进我耳朵。每一天的每一个小时，只要我一靠近她,她自己心里持续聚积的所有挫败和痛苦就会向我喷涌而来。这种侵害从来没有减弱过。她对我的厌恶是那么强烈，甚至就算她心情好的时候，也不会对我亲切地说话，不会抱我，更不会亲我一下。我从来没有听到她嘴里说出过表扬或亲切的字眼。有时她会对我愤怒到咬牙切齿，吼我时连假牙都吼松了。每当这时，我总是忍不住笑，结果就是为她的盛怒火上浇油。对我来说，这

---

① 指 Fuck。——译注

就是日常的生活。

丹尼斯一回到家，她就大声细数我的种种不是。"你操蛋的儿子做了这个，又做了那个……"每天都重复一遍。她喋喋不休的长篇大论会直接把他赶进厨房，歇斯底里的抱怨和辱骂接二连三掷向他，直到他播放磁带录音机，打开一瓶酒，借着猫王和啤酒把她的声音淹没。

我不记得我那时候的罪行都有什么。我是一个活泼好动爱闹腾的小男孩，所以罪行估计有打破了一个杯子、关门的声音太响、吃了不让吃的东西，或是瞪了她一眼，又或是因为要出去玩而过于兴奋。有时候我根本什么也没做。我做了什么或者没做什么都不重要，总之反应都是一样的。

时不时有社工到家里来，可他们从来都待不久，而且就算我的伤痕或者淤青被看见了，也总能被搪塞过去，随便编一个意外或者别的什么。"他在花园里摔的！"她会这么说，而他们则望向外面三英尺高的草地和地里挖出来的瓦砾碎石，就决定没有理由怀疑她的说法。他们走进门的一刹那，她就开始倾诉各种艰难困苦，倾诉那些烦她的人如何令她愤怒不已。她抱怨我们，抱怨丹尼斯，抱怨邻居们，抱怨政府，抱怨几天或几周之前接触过她生活的任何一个人。当他们试图摆脱她连珠炮似的抱怨和不满时，你可以看到他们眼里的恐慌。他们巴不得赶紧回到屋外的新鲜空气里，所以他们不会不必要地拖延拜访时间，比如跟我聊聊或者问问我有没有事。

他们能看出来我和她相互憎恨对方，但他们又没有证据证明她打我。就算他们真的问我某一块伤痕或者淤青是怎么弄的，我也会为她撒谎，因为我知道，如果我不撒谎的话，只要他们一走出房门，她就会恨不得把我打成一滩肉浆。当社工蹲下来跟我说话的时候，她就站在那里，像一座塔一样俯视着我。我一直搞不懂他们为什么来我家，也搞不懂他们是做什么的，只知道每当他们来的时候，格洛丽亚就装出最好的样子，像一个小孩为得到糖果而好好表现。

我无处可逃。我跑不了，躲不开。我别无选择，只能继续生活在恐惧中并对这一切保持沉默。

每当丹尼斯回到家并进了厨房之后，她还是不会让他安静地听音乐。她会决意把他拉过来，一起教训他的孩子们。家里从来没有一个人是安静说话的，从来没有任何合理的谈话。大家会同时大喊大叫，而他也会不可避免地被拉进这场骚乱。无休止的噪音和粗话，把他的耐性拉伸得跟她一样紧绷。最终，尤其是当他几杯酒下肚之后，他也开始大打出手。她不会停，喋喋不休地抱怨生活不好，抱怨他不好我也不好，这令他再也承受不住压力。经过漫长而辛苦的一天或一夜的体力劳动，他会突然爆发，他们就开始吵架。他们相互殴打，而如果我们也恰好在他们够得着的地方，那他们俩也会暴打我们。

一旦他们脾气爆发，我们大家就真的危险了，会被他们两个人严重伤害。当他们的愤怒一发不可收拾，两个人就都丧失了所有的判断力。有一次韦恩顶撞了丹尼斯，他抓起一把刀就朝韦恩扔了过去。韦恩当时也就六七岁。当时我们全家都在场，格洛丽亚、我、还有丹尼斯都喊了起来，女孩们都吓得说不出话，静静地看着这一切。他气急了的时候，抓到什么就扔什么，只不过这次脾气爆发的一刻，他抓到手里的碰巧是一把刀，而当时他控制不住自己，停不下来。刀刺入了韦恩的腿，鲜血登时流了出来。

一阵沸反盈天的恐慌夹杂着愤怒充斥在屋里，他们试图商量出该怎么办，努力让自己镇定下来，设法聊以塞责。当他们两个最终发现自己处理不好伤口的时候，迫不得已把韦恩送进医院缝了几针。想必他们很紧张，怕被问到尴尬的问题。当那位疲惫的医生问怎么回事的时候，他们说只是个意外，而他居然接受了这个说法。我一直很纳闷，那些来解救我们的人怎么总是愿意相信成年人告诉他们的一切。从我们所处的状况来看，显而易见事情已经失去了控制，但是我们接触到的所有人都总是愿意接受格洛丽亚或者丹尼斯编造出来的任何解释。或许是时间和工作量的压力令他们急于解决下一个问题，或许他们不想插手，又或许只是因为我们太可怕，令大多数正常人都无法面对，望而却步。

丹尼斯是个身体非常强壮的男人。他打我的时候，会抓着我的手腕把我拎起来悬在半空扭来扭去，我没有被抓的那只手狂乱地挥动，试图阻挡他的殴打，但根本不可能。我努力自卫，拒绝做一个静止的靶子，但只会让他更加愤怒。当他冲我大发雷霆的时候，韦恩、朱莉和雪伦会吓得朝他大喊大叫，让他别再打了，但是他们的噪音也只会让他更加恼怒，像斗牛场里被奚落的一头发昏而糊涂的公牛。一旦他用尽全力打了我以后，他就像扔一件脏衣服一样把我扔出老远。但是他的暴脾气会过去，这点并不像格洛丽亚，而且他从来不会对着我的脸大声辱骂，也不会说我是一个多么没用的小杂种。我感觉他喜欢我，我是他最喜爱的孩子，他只是无法承受无休止的噪音、喊叫和愤怒带来的压力。他只想一个人静静地喝啤酒、听音乐。

想必那无休止的噪音对他来说简直是一种折磨，渐渐地使他越来越自闭。一年年过去，他变得愈加安静而孤僻。有些时刻，我们也能瞥见他本可能成为的那种父亲——如果没有来自我们所有人的过多压力。有一次，韦恩和我因为什么事发生了口角，他就给了我们每人一副拳击手套，说如果想打架，就适当打一架，他相信解决问题的唯一途径就是暴力和辱骂。有时我刚遭受了格洛丽亚的毒打从他身边走过，他会把一只手放在我的肩膀上，但从来没说过什么。每当这时我就以为一切都会好起来，但是从来没有。我以为他会保护我、照顾我，但是从来没有。

一年年过去，他酗酒越来越严重。他从啤酒改喝杜松子酒，每晚回到家的时候，口袋里还揣着半瓶，然后在厨房一待就到下半夜，只是喝酒、听音乐。我们都不进厨房，知道他想一个人待着。他喝得越厉害，就变得越愤怒、越沮丧、越孤僻。

家里只有愤怒和忧愁、噩梦和吵闹、殴打和辱骂。没有片刻的欢声笑语或者宽恕，没有友好的话语，也没有对我们任何一个人的鼓励。这种环境下的生活，会打垮一个孩子的自尊，让他们对未来不抱希望。只有忍耐，没有乐趣。如果没有其他东西或其他人过来拯救他们，这种家庭的孩子就没有任何希望逃脱，只会重复父母既定的模式。

第二章　小瘪三

如果说在家里的生活是一场连续不断的噩梦，那么到学校之后也不能逃脱。别的孩子叫我们"小瘪三"，完全排斥我们。显然我们和他们不一样，也很显然那片地方的每个人都听说过格洛丽亚，所以我们也被烙上了她的名声。我确信其他孩子的家长都在提醒他们离我们远点儿。没有人愿意让自己的孩子跟我们扯上关系。假如我是那些家长中的一位，我想我也会阻止我的孩子跟我们有任何瓜葛。

我们上的是沃尔西小学，学校就在我家后面，所以其他孩子都能亲眼目睹我们的生活方式。我们的花园只有细铁丝网围着，所以我们的脏乱差瞒不过来来往往的任何人。就在铁丝网的另一边，家长们每天两次集合，接送自己的孩子。他们会站在那里扎堆儿聊天，家长们就是那样，而他们旁边就是我的家庭生活完全失控的昭昭证据。当我发现他们透过铁丝网看见如轰炸现场一样的我的家，听到他们放低了声音交谈关于我们的轶事，我就羞得无地自容。我确信每一双来过学校的眼睛都不可抵挡地被吸引着去看我们后花园的恐怖景象。

家长们谈论我们的时候可能会放低声音，但是孩子们就不会在乎是否礼貌或伤害了别人的感情。他们巴不得找理由在别人羞辱自己之前先羞辱别人，而我的父母提供了充足的理由——从我们的衣着打扮到我们的味道，从屋子的肮脏到不停的喊叫。

有时候格洛丽亚会在厨房的水槽里把我们剥光衣服洗澡，水槽就在窗前，所以每一个来往学校的人都能看见我们，光着屁股，丢人现眼，在厨房里一堆肮脏的盘子和平底锅中间被搓洗。周日晚上是洗澡时间。当她准备启动洗澡仪式的时候，如果我们还在外面"马掌"的草地上玩耍，就会听见她咆哮着喊我们回家，她那难听的声音淹没了所有其他声音。她一旦喊了，我们就不敢再贪玩，知道如果让她等了，万一被她逮住准会挨一顿打。

如果我没有排在第一个洗澡，我就得坐下来，听其他人伤心欲绝的尖叫。我盯着电视，试图集中精力看《一起玩吧》①或者其他节目，只想少听到一点噪音。我一言不发，我明白排队等待期间发生了什么。那是因恐惧和疼痛而产生的发自内心的尖叫。

她一旦抓住我们，就用力猛搓，很疼，还用一个发夹给我们掏耳朵——你永远不知道她发夹掏得有多深，我总是怕她会戳破我的耳膜，把我弄成聋子。如果我试图挣扎，她就会用一条毛巾把我的两条胳膊固定在身体两侧，强行完成工作。我一度放弃了挣扎，忍着，一动不动静静地躺在那里，因为如果我一动脑袋，发夹就会伸得更深，也就会伤得更重、疼得更厉害。

那痛苦的仪式般的洗澡习惯，至今我还保留着，我发现自己每天都要掏耳朵，尽管我知道耳朵并不需要这样掏，尽管我现在用的是棉签而不是一条金属。我们没有洗发膏，也没有像样的肥

---

① 原文 Playaway，是英国的一档儿童电视节目，于 1971-1984 年间播放，内容包括歌曲、游戏、笑话等。——译注

皂，所以虽说是洗澡，其实就是勉强刮一下我们污垢的表面，接着我们又爬回恶臭的衣服和被窝里，所以我们家特有的味道还是没有减少。

有时，我们一出现在操场，其他孩子就会唱起一首歌："小瘪三！小瘪三！小瘪三！"，或者是他们精挑细选的其他短语，大声对我们喊唱。我们没有办法阻止他们，只好厚着脸皮充耳不闻。我们无处可逃，又不能和他们那么多人打架。我们没有任何办法改善我们的外表。我们本就是那副样子，我们没有任何办法改变。对于浑身的肮脏或臭味，我们没有任何办法，因为我们不会用香薰熏屋子，也不会洗床单和衣服，在这些方面我们并不比格洛丽亚懂得多。我们都没有牙刷，也不知道牙膏为何物，甚至连肥皂也不经常用。丧失尊严的贫穷是一记烙印，像我们身上的臭味一样，顽固地刻在我们身上，而其他孩子也不打算让我们忘记自己的地位。

没钱并不丢人，但即使在社会最贫穷的层面，也存在着社会等级。有些人勤勤恳恳工作，在自己有限的能力范围内，给孩子最好的成长环境，给他们很多爱，让他们干净整洁，帮他们完成作业，希望他们日后能够突破贫困的牢笼，即使父母自己已不能够做到。这些人有自尊，他们知道通过奋斗去争取更好的生活。而有些家庭就根本不在乎，他们沉迷在自己的悲惨世界中，放弃了改善自己命运的全部希望。穷人家的孩子很容易区分出这两种类型的不同。猜都不用猜就知道路易斯家在这个贫困等级制度中属于哪一级。

我们的生活与社会绝缘。别的孩子从来不邀请我们去他们家玩，而我们太害怕而不敢邀请他们来我们家，因为他们应该见过我们家的样子。向任何外人敞开大门都会让我们颜面尽失，无地自容。如果你知道你家楼梯顶上的便桶没有倒，卧室散发着尿味儿，连个灯泡都没有，玩儿都看不见，你还怎么邀请同学去你的卧室？我想，反正他们的父母也不会让他们来的。

我们从来没参加过任何人的生日派对。让我不解的是，我知道这些派对举行过，因为第二天会听到其他人在操场上议论，但我从来没有亲眼目睹过它们。它们只存在于我的小小世界之外。在我的想象中，派对成了非常美妙的事情，就像我被排除在外的所有其他事情一样。我渴望成为别人，成为受邀去参加派对的人，成为受欢迎、有朋友、与旁人没什么不一样的人。其他家长不让他们的孩子跟我们要好。他们不想跟好斗的格洛丽亚和她那愁苦沉默的丈夫有什么瓜葛。现在回想起来，我真的不怪他们。他们只是在保护自己的孩子。但那意味着我们无处可去，在家里遭受殴打欺凌，在操场上遭受冷嘲热讽，我们却无处寻求喘息。在生活的每个领域，我们都是圈外人。

我们不仅参加不了其他孩子的生日派对，也没有自己的生日派对。格洛丽亚从来也没有能力组织那样的活动。她从哪里弄钱？她怎么说服别人踏进我们的家门？我们的生活中全是脏衣服和其他废物，她要把客人往哪里放？她，就跟我一样，怎么知道派对要做什么？她不会玩游戏。她不会做饭。她从哪里弄一个蛋糕过来？格洛丽亚的世界里根本没有这些。丹尼斯也好不到哪里去。一个内向到不跟自己的家人说话的男人，怎么跟其他人的孩子一起玩游戏？整个主意都是不可能的。

在我的记忆里，我从来没有收到过任何生日礼物。韦恩和女孩们会收到格洛丽亚的礼物，可是每当轮到我的时候，总会遇到支票"没有结算"的问题。

"我下周会买点东西给你，"我生日那天的早晨，当我急匆匆冲下楼的时候，假如她感觉到有一丝丝的内疚，就可能会这样承诺，"我拿到钱再说。"但她从来没有买过。

尽管已经很明显，我还是一年年地一直怀着希望，希望事情会有所改变，希望我的下一个生日会成为一次庆祝，那一天我可以特殊哪怕只有几小时。小孩子在内心里还是乐观的物种。很难让他们相信世界真的对他们不好，事情不会有改变的那一天。我七岁生日的前一天，满脑子猜想第二天会收到什么礼物。当我和韦恩下楼准备去上学的时候，我跟他唠叨着我期待收到的一切礼物。

格洛丽亚一定是听到我的话了。我不是个安静的孩子，习惯于声音高过其他人以便让自己被听见。或许她觉得我是在批评她，因为我罗列了一大堆她从来没想过给我买并且反正也没钱买的东西。或许她感觉到了片刻的愧疚，或者对我妄加猜测感到恼火。不管是什么理由吧，她出其不意地抓住了我。我还没来得及蹑手蹑脚从她身边溜走，她突然穿过客厅，从后面一把抓住了我的套头衫。她把我提起来，套头衫的领子卡住了我的喉咙，我喘不过气来。我悬在空中乱动，拼命挣扎，想喘口气，这时她又用另一只手猛地拉下了我的裤子，接着用我自己的腰带抽我。

我企图把一只手放在屁股后面挡住抽打的腰带，另一只手则挣扎着想把自己的衣领从气管上拉开。我保护自己的微薄努力，似乎加剧了她的愤怒。她使劲儿把我扔到地上，我在能够喘气的一瞬间开始哭喊，因为疼痛、震惊。我曾下定决心不再在她面前哭的，但此刻所有的决心都离我而去。我的哭喊似乎让她更加愤怒。我还没来得及逃跑，她又跟了上来，抓起我的头发，把我拖到客厅里，我的裤子和短裤还绕在膝盖上，屁股和后背因为被打而火辣辣地疼。

我挣扎着想要逃脱的时候，她一把将我拎起来，就像拎起一堆破衣服一样，把我从房间这头抛到了那头。我还记得自己悬在空中的那几秒钟，就好像我会飞翔，然后重重地摔到了窗台上，头撞在了窗台的一角。那种感觉就像我的脑子里发生了大爆炸。我止住了哭喊，感觉晕晕的，辨不清方向，不知道自己身上到底发生了什么，不知道我有没有晕过去。我头痛欲裂，还能感到自己脸上鲜血的温暖和湿润。我抬起手去摸，然后我眼前就红了。格洛丽亚也停止了咆哮，安静降临在整个房间，我能听到她的喘气声。几秒钟之后，韦恩从震惊中醒过来，开始大喊，女孩子们也开始大哭。我没有发出任何动静，只是控制不住地发抖，盯着手上的血，不知道该怎么办，希望有人来抱抱我，救救我。

她转身踏出了房间，不一会儿又回来，从浴室拿了一块脏兮兮的法兰绒，扔给我。

"自己擦干净，滚蛋去上学！"她咆哮道。

我去了浴室，想擦干净这乱七八糟的血。我的脸看上去很可怕，而水似乎只是把血扩散了。血还在流，我把法兰绒紧紧摁在伤口上，希望止住血。我急切地想逃离屋子，不想再把她惹得更加愤怒。我走向门口的时候，双腿摇摇晃晃走不稳。韦恩替我开了门，我们步入了新鲜的空气，两个人被惊得浑身发抖。我们左拐，路过邻居家，再左拐，进入了房子中间的小巷，直通学校校门。小巷大约不到一百米长，两边是高高的栅栏和树篱，所以没人能看见我们。当我们走到窗户的视线之外时，我感觉到韦恩握住了我的手，我们一起走着，没有说一句话。这个表示友好的小动作让我想哭，但是我忍住了。我不想到操场的时候被别人看见自己的眼泪。当我们跌跌撞撞地走出昏暗的小巷，走进学校操场之后，我们立刻放开了手，我深深地吸了一口气，决心坚持走下去，不要晕倒。

我在其他孩子中间肯定特别显眼，就连我自己都感觉到了，因为有一位老师直接向我走来。她用手温柔地转过我的脸，看着我头的一边。

"我想我们应该去护士那里看看。"她说着，带我离开了人群。韦恩目视着我离开，但他什么也没说。我跟着她走，只想有人控制局面，让事情好起来。

当我一个人坐在护士值班室等待的时候，我能听到门外校园生活的声音。屋子里闻起来干净又安全，这是一个消过毒的地方，人们在这里得到安慰和治愈。外面残酷的世界里，熟悉的铃声响起来，但那似乎跟我毫无关系。有那么一会儿，我上升到了我的混乱生活之外，获得了片刻休息。传来跑步声，还有喊叫声和欢笑声。我们刚进来的时候，我坐下都困难，因为后背下面疼，我看见老师看我的眼神很焦虑，然后她去找护士。我短暂地被赦免了上学的义务，像是暂时的休息，用以恢复思绪和体力。我一定是吓坏了，一切发生得那么快。几分钟之前我还在下楼，唠叨着我即将到来的生日，现在我却遍体鳞伤，受到特殊关注。不得不承认，被关注的感觉很好，虽然附带着疼痛。我想待在那间安全的房间里，能待多久就待多久。

好几个大人开始走进来，看着我。我不记得他们是谁，也不记得是否认识他们。有人让我把背后的衬衫拉上去，把裤子腰带往下拉。我知道我没有说话，所以不算出卖格洛丽亚。如果是他们自己看见我不能正常活动，那就不算是我的错。我没有背叛她的信任。他们对这一切都没有流露出什么情绪，但是我能看出来他们是严肃对待的。我担心他们可能会去找格洛丽亚说什么。如果他们真去，那她下次逮到我一个人在家的时候，我就要遭受更狠毒的一顿打了。我能想到的唯一选择就是放学之后逃跑。我开始计划逃往哪里，怎么熬过这一夜。两三公里外有片小树林，环绕着一片高尔夫球场。如果我能逃到那里，就可以像电视节目里演的小孩那样住在树林里。我想格洛丽亚和丹尼斯都懒得去找我，我想他们也不会告诉福利机构我失踪了。我可以一直待在那里，该上学了我就回到学校。

护士小心地包扎了我的头，弄干净了其他凝固的血。她是那么友好、温和、有爱心，和格洛丽亚截然不同。格洛丽亚的手从来没有碰过我，除了扇我、掐我或打我。我感觉好多了。我不再发抖了，我觉得自己可以和其他孩子一起回去上课了。护士说她要带我去餐厅喝点东西。走出护士值班室的时候，正赶上孩子们排队等待集合，我不得不路过那排队伍。每一双眼睛都转过来盯着我，不止是孩子，老师也是。没有人说话。他们就那样盯着我上下打量。我也盯着他们，不理解有什么好看的，我不就是头上受伤贴了块胶布吗？我确实是度过了一个艰难的早晨，可是对我来说，也没有那么不正常。为什么他们都那么目瞪口呆？

这天的学校生活一切照旧，可我对于回家的恐惧却随着时间的流逝而增加，我不断完善着我的逃跑计划。这事想起来让人很恐慌，但让人更恐慌的是想到格洛丽亚在前门里面等着我。然而，放学以后，我的决定被打乱了。我被告知留下来，因为我不用回家了。我不用非得逃跑住在树林里，也就不用面对树林里那些奇怪的动静了，想到这里，我的第一反应是解脱了。

"我们要带你去个安全的地方待一小段时间。"一个老师告诉我。

这时我又恐慌了，这次是因为未知。如果说在家里和学校里、甚至在我噩梦里的生活都很糟糕，那他们计划带我去的无论什么地方，都有可能会更糟糕。我没有理由相信有任何地方会让我真的开心。

"我不能回家吗？"我问。感觉好像是我在受惩罚，可我不明白我做错了什么。不管我在格洛丽亚手底下经受了什么，那终归是我的家，终归是我最熟悉的地方，而且那里还有韦恩和我的妹妹们。我不知道他们要把我带到哪里，而未知比已知更令人恐惧，尤其是你当时还不到七岁，并且你的全部经历都告诉你世界是个不友好的地方。

他们安慰了我，一个我不认识的女人带我出去，外面有一辆车在等着。我以前从来没有坐过车。从打开的车门爬进去令人兴奋，里面闻起来很干净，不同于我之前经历过的任何东西。当车门砰地一声关上时，我被裹进了一个新世界，这也是某种形式的逃脱，逃脱了由家和学校构成的两点一线的生活。那是我迄今为止经历过的全部，而现在我却毫无准备地被带入了未知世界。汽车开动的时候，那不熟悉的晃动让我几乎立刻就感觉想吐。

尽管汽车之旅和期望冒险让我很兴奋，但我还是感觉有一股强烈的欲望想跑回我那昏暗沉闷的小卧室，把头藏进发霉的熟悉的臭被单。我想念韦恩、雪伦和朱莉。我不知道接下来会发生什么。那是 1977 年，我第一次被送进福利院。

第三章　床底下的小熊

我被带去了克罗伊登的一家紧急救助儿童之家。因为第二天是我的生日，他们给了我一只小考拉熊和一只尖鼻怪①。我简直不能相信它们是给我的。我紧紧抓着它们，就像抓着救命稻草一样。

儿童之家位于塞尔斯顿车站对面。我们到的时候，天已经黑了。他们给我洗了澡、换上干净的衣服，给我的伤口换了新的白色绷带，还给了我一些吃的。伤口周围有一圈丑陋的淤青，让伤口看起来比实际要严重不少。我整个晚上都紧紧地抱着我的两个新伙伴——考拉熊和尖鼻怪，睁大眼睛盯着别的孩子和工作人员进行他们日常的晚间活动。

我很紧张，因为我处在一个不熟悉的环境里，但这种紧张不同于在家里感觉到的紧张，这种更兴奋，似乎我马上要进入一场大冒险。我也时刻保持着警惕，唯恐有人会随时对我不利。经验教给我的是：不管我多么小心翼翼地不招谁惹谁，迟早总是要被

①英国儿童文学作家伊丽莎白·贝雷斯福德（Elisabeth Beresford）在 1968 年出版的第一本书中，塑造了尖嘴巴、毛茸茸的尖鼻怪（Womble）形象。这群可爱的小生灵住在地洞中，爱护大自然，喜欢收集人类丢掉的垃圾，他们的口号是"变废为宝"。——译注

打或者被骂的。我等着看接下来会发生什么。

　　一个晚上过去了，没有人对我做或者说什么不友好的事情，我觉得很受鼓舞。当我被抱上床之后，我惊呆了：这里的被褥和床垫闻起来跟家里的完全不同。那是一种干净的味道，我之前从来没有经历过，那更像学校医务室的味道，完全不像我们家卧室里的味道。有一盏明亮的灯，所以我能看见自己做的一切：我穿上干净的睡衣，跟他们学刷牙，然后爬上床。我躺在笔挺的、新洗的白色被单里，深深地呼吸，吸进这芳香，想永远记住它的味道。那是一种美妙的感觉。我想必很快就睡着了，累了一天了，而且这一天还那么奇怪，那么累人——肉体上和精神上都是。我紧紧地抱着考拉熊和尖鼻怪，他们是我新认识的两个最好的朋友。

　　第二天早晨我又见到了更多工作人员和孩子，他们看上去都比我大；早餐的时候，他们都对我唱起了"生日快乐"歌。成为这么令人愉快的注意力的焦点，感觉真好，但也令人不安。我不知道自己该怎样反应。早餐一结束，我就跑回自己的小卧室找考拉熊和尖鼻怪。他们没在床上，我明明把他们放在那里的，还认真掖好了。我掀开床单，到处翻找，但床是空的。我感觉一阵痛苦的恐慌，满屋子找，跪在地上往床底下瞧。我的两个新朋友躺在地板上最黑暗的角落里，他们的肚子被划烂了，填充物垂到了外面，被割断的四肢松松垮垮地悬着。他们被撕裂得没救了，没有什么办法能把他们补好。我记得好像有工作人员给了我别的东西来代替他们，可那感觉根本不一样了，因为我一开始得到的两个朋友已经被残忍地谋杀了。现在我知道，即使有人给了我什么东西，也总会被别人拿走或者破坏。我不想再喜欢上什么东西了，因为第二天就会失去它。

找到他们之后，我坐在地板上哭起来，再也控制不住憋了这么多小时的眼泪。好像我去哪里都不安全。我想回家跟韦恩和其他人待在一起，至少在家里我能知道接下来会发生什么。现在我面对的是一个看不见的未知的敌人。

　　时间一天天过去，我的敌人也都逐渐浮出了水面。为了试探我有多么好欺负，他们无情地突袭我。我那么小，那么天真，除了自己有限的家庭圈子以外，没有其他经历，对他们那些大孩子来说，我就是一个活靶子，他们不需要理由地戏弄比自己小、比自己软弱的孩子。我从格洛丽亚那里学到的是：站起来对抗强权是没有用的，因为如果我胆敢反抗她，就会被打得更惨。其他孩子很快就发现我很好欺负，他们乐意怎么惩罚我，我都会接受，从来不反抗。我想，他们自己也是在别人手底下受过苦的，所以都迫切想把自己受过的苦沿着线往下传。而我，是处于这条线最末端的人。

　　那些为数不多的记忆相当强烈，尽管可能有点不准确了，因为我那时还小，而且已经过去了这么多年，但是依稀记得接下来的几个月里的很多场景和面孔。我没有被带回家。我一直没人管，在不同的儿童之家、学校和短期养父母之间周转，身边总是充斥着各种不同的气味和声音，各种引发不同的焦虑和难受的记忆。有时候，即使到了现在，一闻到福利院地板抛光剂或消毒剂特有的味道，还会强烈地唤起我记忆中的恐惧和颤栗。透过这些依稀的记忆，我还能想起曾去过少年法庭，应该是福利机构想获得紧急监护权的事情。格洛丽亚和丹尼斯都在。在除了家里以外的地方看见他们，感觉很奇怪。格洛丽亚打扮了一番来面对外面的世界，没有穿她总穿着的那件脏睡衣。令人不解的是，我看见她的时候，并没有害怕。有其他人在场的时候，她总是对我不错。现在我身体上是安全的，尽管我精神上感觉并不安全。

我每次去到一个新的寄养家庭，都会知道自己很快还要搬走，所以我每次都稍微克制着自己。我不想让自己太把那里当自己家，因为几周之后就得跟他们说再见。我知道所有这些人都是被付了钱才养我的，我并非真正是他们家庭的一部分，我只是个寄宿者。我知道他们实际上都不是因为我本身而想要我。在我的记忆中，没有清晰地留下他们任何一张面孔。

我了解了很多其他家庭的运作方式，而我又是个爱学习的孩子，我观察着一切，总是谨小慎微，以免做错或说错什么让他们不喜欢我。我极力地讨好别人，但有时我的热切反而会激怒他们。其中有一对养父母，他们自己有一个儿子和一个女儿，都比我大，所以他们俩应该也不年轻了。让我大跌眼镜的是，这对夫妇总是相互亲吻对方，似乎他们的手根本不能从对方身上拿下来。我从来没见过格洛丽亚和丹尼斯相互表现出一丁点的感情，不管是身体上还是精神上。我完全搞不懂这两个人在干什么。有一次，他们带我去看望其中一位的母亲，当我们在电梯里上楼的时候，他们开始拥吻，而我抬头盯着他们，惊讶地张着嘴巴。我确定，爱就是那样子的。

我想我是很难被别人带进自己家庭的孩子。在好几个家庭当了那么久的实际上的囚徒之后，自由的气息让我非常兴奋。我是个吵闹的小男孩，我会认为在寄养家庭里应该和在自己家里一样正常表现。我的家人之间从来没有展示出任何爱或感情，全是怨恨和暴力，我敢说，有些寄养家庭发现我对他们的孩子太有侵略性，但其实我只是在试着适应外面的世界。我试图按照我以为的他们所希望的方式去表现，但有时结果却不尽人意。尽管如此，还是比跟格洛丽亚在家要好一百倍。

　　我的游牧生活持续了一年，这期间每个人都在决定怎么处理我。我的印象是，如果我再小几岁的话，就会有人收养我了，可是一个精力旺盛的七岁男孩加上糟糕的家庭背景，谁都不想永久承担这一切。过了一年，一切又都变了。现在是 1978 年。

第四章　生日派对

八岁生日的前一天，我得知自己又得搬家了，新家叫作亚伯勒儿童之家，在东格林斯特德镇，位于东萨塞克斯郡的一个高档的购物城镇。要从现在的寄养家庭搬回福利院，我很紧张，还记得在第一家福利院克罗伊登时有多么不开心。我宁愿住在寄养家庭里，尽管我还是得每隔几个月就换一家。

"我们费了很大努力才把你弄进亚伯勒，"社工告诉我，"那个地方非常好，他们不常有空位。你是个幸运的孩子。"我决定在亲眼目睹之前，先保留自己的意见。

我们开车往东格林斯特德镇走了一会儿之后，这个女人问我饿不饿。我说饿，她就把车停靠在了路边一家乡村面包店和咖啡馆旁的停车位上，面包店的牌子上是自制的面包、馅饼和蛋糕的广告。我们走进去，烘焙的温暖气息扑面而来。我从来没有进过这么香的地方。陈列的托盘里，放满了蛋糕、酥皮糕点、小圆面包、馅饼和面包。女人问我想要哪个，我就指了一个，其实我也不知道它们都是什么，因为我看不懂标签。是什么都无所谓，仅仅是新烘焙的点心的质感，就已完全足够兴奋我的味蕾。我们回到车上，上路之后我贪婪地吃掉了我的犒赏。

我们渐渐驶入了东格林斯特德镇，我已经可以看出来，这里跟我之前住的地方都不一样。虽然这片区域估计有人会说它土气，但是环境很不寻常。房子很多是爱德华和维多利亚式的红砖别墅，都配有很大的花园，周围环绕着大树，私密性很好。静谧的街道养护得不错，宽敞、坚实、郁郁葱葱。我觉得，住在附近的人里面不会有任何像格洛丽亚那样的人。

最后，我们停在了一座红砖建筑外面，这座房子比其他房子略大一些，看起来不像是家庭住房，但又不完全像福利院。房子一侧是一条尚未修好的路，路面坑坑洼洼，延伸到运动场和树林后面；另一侧是一所小私立学校的小门。

社工对我说，目的地到了。我们下了车，她领我走进大门，走向房子。我的第一印象是光滑的木质门廊上的白色双扇大门，我们就站在门廊里，等着里面的人听到门铃之后出来。最后，大门摇摇摆摆地开了，一个我觉得像巨人一样的男人，耸立在我们面前。我吓得往后退。我抬起头，敬畏地盯着他，他也直接盯着我的眼睛，没有注意我身边的成年人。然后他蹲下来，蹲到我的高度，和我紧紧握手。

"你一定是凯文吧，"他说，我点点头，"可以叫我大卫叔叔吗？"

我又点了点头，吓得说不出话。他对我眨了一下眼睛，然后站起来，回到他自己的原有高度，一只手提起我的包，另一只手伸出来让我牵着。我紧紧地握着他的手，很害怕，不知道将要遇到什么新鲜事。他把我带到了我的新家。

屋子里相当安静，因为所有的孩子都还在学校上课，他带我转了转，把我介绍给工作人员，带我看了几个满是游戏和玩具的大房间。我被吓住了，没有说多少话。下午慢慢过去，孩子们从学校回来了，我被介绍给他们。这个家不大，不过二十个左右孩子，但我一下子也很难记住这么多新面孔。其实我不需要紧张，他们上来拥抱我，带我去玩。我们立刻开始乱跑起来，笑着，玩着，而大人们则在准备泡茶。我生平第一次感觉自己到了一个安全的地方，而我认为理所应当的那些恐惧也一扫而光。社工说的没错，这个地方的确非常好，我确实是个非常幸运的孩子。

　　房子后面是一片花园，里面的攀爬架看上去对我来说巨大无比。有一间游戏室，里面有台球桌，整个地方感觉就像一个巨大的家而不是福利院。高高的篱笆和围墙环绕着房屋，我们能听见小孩子们的欢声笑语，那是他们在隔壁学校操场上奔跑时的欢笑声和尖叫声。

　　"我会在这里待多久？"有天傍晚的时候，我问大卫叔叔。我害怕得到答案，想永远不要离开这个美妙的地方。

　　"没有计划把你送到别处去，凯文，"他说，"我们想把你留在这里，只要你想留下。"

　　"我想，拜托了。"我回答，很高兴。

　　虽然我没有告诉任何人第二天是我的生日，但他们显然已经从我的档案记录里知道了。我都懒得跟其他小朋友提及，因为我依然不觉得这有什么重要。我以前的生日从来没有落得过好结果，所以我觉得最好不要抬高自己的希望。我在生日这件事情上的热情早已消耗殆尽。那天夜里，我跟马克·华莱士和克里斯·华莱士两兄弟睡在同一间屋子，他们已经成为我的朋友。第二天早上，和我年龄一般大的马克把我叫醒了。

　　"凯文，"他边说边摇晃着我，"凯文，今天是你的生日。快起来，我们得下楼了。"这就像一个他们之前表演过很多次的仪式。

我立刻醒了，和他们一起下楼，发现早餐桌上堆满了礼物和卡片。我从来没见过这么多，而且还都用礼品纸精美地包装着，我的名字写在上面。所有的卡片和标签上，都有送礼人的签名，可我不认识，因为我还没有学习识字。如果我家里有谁好不容易收到一件礼物，唯一的包装极可能就是买的时候商店给的购物袋。

我拆礼物拆得停不下来，鲜艳的彩色包装纸扔了一桌一地，拆出一个又一个玩具。我打开的几乎每一张卡片上，都附有一枚徽章，我立刻把它们别在自己身上，直到我一动就叮当作响，而每个人都不停地叫我"生日男孩"。我乐开了花。大卫叔叔告诉我，那天不用去上学，可以一整天待在家里玩新玩具。其他人一离开，我就坐在了我的战利品中间，看着，玩着，把它们分开又放回一起。其中一个玩具是一只棕色的小熊，它一整天都坐在我身边，分享着我的兴奋。工作人员把我一个人留在房间，我沉浸在自己的喜悦里。

下午大家放学回来之后，每个人都开始准备生日派对，这是我参加的第一个生日派对。成为关注焦点的感觉是那么奇怪。我们玩了丢包裹和给驴粘尾巴游戏，每个人都兴奋过了头，声音很大。这个派对，就是我在学校操场上听说过却从来没有亲眼见过的那种派对，它跟我想象的一样令人兴奋。

突然所有的灯都灭了，我心里一阵痛苦的恐惧。所有五颜六色的装饰和礼物都看不见了，每个人都安静下来。一阵恐慌袭来，即将要把我淹没。我不知道发生了什么，就好像回到了我那没有灯光的卧室。然后我看见一束光从门口进来，大卫叔叔从厨房带来了一个蛋糕。蛋糕那么大，足够房间里的每个人都吃一块。蛋糕的糖霜上写着"凯文，生日快乐"，还插了八根蜡烛。我吹蜡烛的时候，大家开始集体为我唱"祝你生日快乐"。

灯又亮起来，我开始大哭。八年被压抑的感情和被封存的不幸，无法控制地倾泻而出，我满脑子都在想念一年没见的兄弟姐妹。我感觉如此幸福，而想想他们却依然困在家里，跟格洛丽亚和丹尼斯在一起，到处是咆哮和殴打，暴力和不幸，黑暗和饥饿，肮脏和臭气。这一切令我再也忍不住，泪水夺眶而出。

大卫叔叔抱起我，把我抱到楼上的卧室。他搂着我，安慰我说一切都没事。他告诉我没事的时候，我相信是真的没事。

亚伯勒的生活给了我很强的自由感。我一点点地变成了一个正常的、有好奇心的孩子，一个快乐的孩子，顽皮又爱冒险。我们经常在后院踢足球。如果球被踢出篱笆落到了路上，踢球的人就要去把球捡回来。有一天我们踢球的时候，我用尽全力踢了一脚，球直接飞走了。我爬上篱笆，到篱笆顶上的时候，我仔细看了看周围，慢慢站直，突然充满了自信和幸福感。我张开双臂，就好像自由地站在了山巅，周围绿树环绕，一阵微风拂面。我心想，这就是自由的感觉。我兴奋晕了，一不留神摔到了地上，磕破了胳膊。我不得不被送到当地的医院去包扎。我不在乎。我终于自由了，磕破一条胳膊只是一点小小的代价而已。

第五章　一次机会

因为搬到新家，不可避免地也要换一所新学校。这所学校离家不远，叫作鲍德温山小学。我们只需沿着亚伯勒旁边没修好的小路，走到下一条路就到了。这里跟沃尔西小学的环境迥然不同，更像一所旧式的维多利亚乡村学校，在那里我瞬间感觉安全而舒适。他们给我配备了崭新的校服，安排我坐在一个叫盖伊·蒙森的男孩旁边，盖伊带着我在学校转了转，我们成了铁哥们儿。我高兴极了，觉得自己差点哭出来。在这里，我拥有在家里所缺少的一切。在亚伯勒，我很安全并受到很好的照顾，从来不用担心被打或受到任何形式的侮辱；而在学校，我和其他每个男孩子一样干净又聪慧，还有一个属于自己的真正的好朋友。在我家，能够正常穿得上干净的内裤都是奢侈，更别说干净的床铺。我的气味不再和别人不同，尽管我还会有尿床的问题。在鲍德温山小学，没有人会异想天开叫我"小瘪三"。我变成了正常生活的一部分，不再怪异，也不再是任何人想欺负就欺负的受气包。

我和盖伊的友谊与日俱增，他开始邀请我放学后去他家玩。他家是一座惬意的小平房，坐落在一条崎岖的小路旁，隐藏在高高的树篱和林木间，从学校沿着另一个方向走，很快就到了。难以想象的是，实际上我们还位于城镇的边缘，却过了马路就是农田，也看不到什么车辆。我见到了他的妈妈吉妮，她是一位十全十美的母亲。她和丈夫离了婚，自己抚养盖伊，可她做得非常好。她和格洛丽亚简直有天壤之别。她做媒体方面的工作，我想是公共关系吧。家里全是书，还有一摞摞我之前从来没有听说过的杂志，比如《笨拙》、《私眼》和《新政治家》。

我们的友谊继续升温，我开始去他家过夜。有时，我晚上住他家的时候，我和盖伊会在该睡觉的时候悄悄跑出去，从他卧室的窗户溜出去，在可怕的黑暗中沿着小路走，像所有的小男孩那样爱冒险，只不过，有时我们只是成功地把自己吓得不行，不得不仓皇逃回卧室，整夜想象着绿色的怪物会来敲我们的窗户。这些夜晚唯一美中不足的地方，是我害怕自己会尿床，于是我尽量让自己睡得浅一些，这样就可以意识到那些危险的信号，比如梦到找厕所。

亚伯勒的工作人员给了我们特别多的自由，允许我们出去，可以去周边的道路和树林，只要我们跟大孩子们在一起。《油脂》是当时很流行的一部电影，我们都喜欢模仿里面穿衣服的方式，立起衣领走来走去，感觉像真正的小花花公子。房子不太远处，有一个池塘，周围环绕着绿树，离最近的房子也有些距离。那个冬天很冷，池塘结了冰。我们一帮人，包括一些女孩儿和我的两个室友克里斯和马克，决定去池塘那里滑冰，尽管我们之前被告知不能去。我猜想，所有的孩子都会偶尔被不许做的事情所诱惑，而我们也无法抗拒大片滑溜溜的冰的诱惑。我们先试探了一下，小心翼翼地把脚放在冰面上，测试它的强度。一旦我们发现它可以承受我们的体重，胆子就大了起来，离河边越来越远。我们玩着自己的游戏，欢笑，摔倒，相互搀扶，穿着靴子和鞋子尽情地滑来滑去。

　　克里斯尤其胆大。他发现对面有个水桶，肯定是水桶漂浮在水里的时候，河水结了冰，于是现在桶就被牢牢卡住了。他胆子越来越大，滑得离桶越来越近。因为我们越来越多的人涌到了冰上，冰很快就承受不住了。池塘边缘零星的破裂声似乎没有演变成什么严重的事态，于是我们越来越大意。

　　想必是水桶的存在弱化了池塘那边的冰的强度，我们听到破裂声和溅水声，同时也听到了克里斯的喊叫。我们循声看去，发现他从视线中消失了。我们还没反应过来，他又浮出了水面。其他人开始尖叫，有的已经跌跌撞撞地跑回岸上，身后跟着一阵阵冰面破裂的声音，他们已经跑回山上去亚伯勒求助了。克里斯在水里扑腾，试图抓住什么东西，但是什么也没抓到，因为除了冰没有别的，而冰太滑了，根本抓不住。他的衣服被水浸透，重量拽着他往下沉，我能看出来他根本坚持不到他们找到大卫叔叔的那个时候，他还得从家里一路跑过来；就算他到了，也得花上几分钟时间才能想到办法够着克里斯。像他那么重的一个成年人，比我们任何一个人都更有可能掉进别的冰窟窿里。我没犹豫多久去权衡概率，我只知道我们得抓住克里斯，别让他再沉下去，然后我们可以设法把他拉上来。

　　我轻手轻脚地向他走去，感觉冰在我脚下破裂。我意识到必须要让自己的重量分散的面积大一些。这是本能的反应。我趴下，尽可能靠近他掉下去的冰窟窿，喊马克抓住我的腿。河面上冰冷的水立刻浸透了我的衣服，直达我的皮肤。我伸出双手，大声喊克里斯抓住它们。他从冰里举起双手想伸出来，却只是扑腾得更厉害，滑得更远了。他的脸沉下去又浮上来。他的牙齿直打架，我也能感觉到一直包裹着他的刺骨寒冷。

　　我慢慢爬得更近一些，四下都是冰裂发出的不祥的咔哒声，马克紧贴在我后面，十指拼命地抓着我的脚踝。其他人都在岸上大声出主意或者只是惊恐不安。克里斯又向我抓过来，可是没有抓住，再次消失在了水面底下。我想这次他没有力气再上来了。我把一只胳膊伸进水里，抓住了他的衣服。很难抓紧，因为我的手指已经冻麻了。

　　"往回拉！"我对马克大喊，他拼尽全力把我从冰窟窿边上拉开，又打滑又摔跤，而我则用冻僵了的手指紧紧抓住他的兄弟。马克最终卯足了力气把我往回拉了几英寸，克里斯开始从水里露了出来。每次他把胳膊肘放在冰上，冰就被他的重量压裂，再次让他陷入水中，但至少我们正在一点点地靠近岸边。渐渐地，随着我们离水桶越来越远，冰也越来越结实，我能把他的上半身拖出来了，但他腰部以下还在水里。他看上去快不省人事了，目光呆滞，身体每一部分都在颤栗发抖，不断咳出池塘的脏水。他似乎没有一点力气了。我拼命拉他，就像拖一个死沉死沉的东西。马克继续拉我，现在其他人的尖叫变成了加油鼓劲的欢呼。

　　当我们把他拖上坚实的地面时，几个工作人员已经从家里跑了下来，手里拿着毯子和毛巾。我知道我们这回有麻烦了，但是能回到坚实的地面上而且还有一条干毛巾裹着我，我就放心了，其他的我都不在乎。

　　我们回到家之后，克里斯被带去洗了热水澡，我们剩下的人不得不解释所发生的事情。其他人绘声绘色地描述了营救过程，那晚马克和我多得到了两份布丁，也因为不遵守规则而受到了责备。当兴奋退去，我有时间回想这次冒险的时候，我很高兴自己完成了这么好的事情，尽管是在绝望之中完成的。我为自己感到骄傲，那种感觉真好。或许我并不像格洛丽亚一直说的那样没用。

第六章　一个教训

　　虽然我们在亚伯勒都很幸福，但仍然经常讨论逃跑的事情。似乎就是该这么做，尤其是《哈克贝利·费恩历险记》或《垃圾场的斯蒂格》已经在电视上播放。我们并不是想要离开这里，只是那种自由的生活看起来太浪漫了，晚上睡在星空下，白天自由自在想去哪里就去哪里。我们要成为自己命运的主宰，至少我们是这样想的。每当这类电视节目播放的时候，工作人员就会格外警惕，知道我们至少有几个人会在天黑以后爬窗户出去。有一两次我也加入了逃跑队，而且我们其实成功了，只不过，总是几个小时之后就回来了，因为我们意识到，在东格林斯特德镇附近，根本没有地方可以找到哈克那种划桨的小船，而且能玩台球和乒乓球的生活舒服多了，更何况还有一张温暖的床呢。

　　时不时有新的孩子住进来又搬出去，其中有个叫金柏莉的女孩来住过几周，以便让她父母休息一下。她看上去有点痴呆，说不了多少话，但会很努力地跟我交流，主要是通过"嗯"和"啊"。她总是面带大大的微笑，我很喜欢她，我们相处得很愉快。她是个大姑娘，估计有十五六岁了，看起来更像个工作人员而不像个孩子。不知道为什么，马克和克里斯一点也不喜欢她。她跟他们太不一样了，他们真的不想和她打交道。他们好像看见她就烦，我注意到他们有时候会戏弄她，不怀好意，骂她，唆使她。

因为她有点简单，所以成了被欺负的对象。他们渐渐地越来越过分。要是小孩子们发现了一个好欺负的对象，有时就会变成那样。他们不止一次因为此事而陷入麻烦，但依然乐此不疲。每当发现她独自一人的时候，他们就忍不住要戏弄她。

一天傍晚，我路过游戏室，听到里面有动静传出来。我往里看，想知道发生了什么事。只见金柏莉蜷缩在一个角落里，像一只受了惊吓的动物，克里斯和马克正在捉弄她。两个男孩儿高兴地把刀子贴着地板滑向她，吓得她瞪圆了眼睛。我眼前浮现出刀子被扔向我哥哥的情景，可现在我知道了，这不该是正常生活的一部分。

"放了她！"我说。

"走开！"马克说。他们正玩到兴头上，而且当然也觉得没有理由要听我的。

"放了她！"我又说了一遍。我确定他们这样做是错的，也确定金柏莉需要帮助。

我猜想，他们不喜欢别人当着受害者的面挑战他们的权威，于是把注意力转向了我。他们俩抓起台球杆，气势汹汹地向我走来。"走开。"马克又说了一遍。

这时候我铁定不会走开，否则我就会永远背上胆小鬼的名声。实际上，抛弃金柏莉的想法根本就没进入我的脑海。他们向我逼近的时候，我抓起一个台球，使出全身力气向克里斯扔去。扔得特别准，打中了他额头正中间的天庭。很大一声骨头破裂的声音，他倒在了地上，一动不动地躺着，没有了生命的迹象。马克看了一眼他兄弟，就径直朝我奔过来，怒不可遏地挥舞着球杆。我感觉一股怒气涌上来，抓起另一个台球，抡起胳膊刚要扔出去，就感觉有一双成年人的胳膊环绕着我，把我抱了起来。台球从我手里滑落了。

"冷静一下，凯文。"大卫叔叔命令我。其他人跑过去照料失去知觉、晕在地上的克里斯。

房间里突然挤满了工作人员，孩子们也跟了进来，大家都有点儿兴奋，迫不及待地想看看发生了什么事。金柏莉还在角落里啜泣，这回是被四下里的喊叫和忙乱给吓坏了。我当时完全控制不了自己的脾气，乱踢乱叫，又喊又骂，脑子里闪过一百遍之前抵抗格洛丽亚和丹尼斯的记忆。大卫叔叔把我抱到另一个房间，不停地对我说冷静点，用胳膊紧紧地搂住我，不让我挣脱。

最后，我终于平静了，坐下来，还在发抖。大卫叔叔递给我一杯牛奶，问我发生了什么事。我描述了自己目睹的情景。

"你为什么不来找我？"他问。

我耸了耸肩。从来没这么想过，那不就成了打小报告吗？看起来当时那种情形是必须由我自己处理的。

"你绝对不可以自己成为执法者。"他劝告我。

我听着，因为尊敬他，我点了点头，但他的话我并不同意。我认为，如果你想搞定生活中的任何事，如果你想生存，你就必须自己讨回公道。如果你饿了但没人给你东西吃，你就半夜从冰箱里偷食物。这才是我坚信的人生哲学。如果有人掉进了冰窟窿，你就尽力把他们救上来。如果你想让别人停止做某事，你就迫使他们停止。对于一个早年生活中没有人可以求助的人来说，大卫叔叔的话毫无意义。我认为，更好的办法就是跟着直觉走，在困境中要使用自己的主动权。但是我什么也没说。

我打了克里斯，受到的惩罚是第二天放学回来后直接被送到了卧室。相比我之前在家受到的惩罚，这不算什么，而且我觉得很公平，因为我严重打伤了克里斯。但这也怪丢人的。我的晚餐是被送到卧室的。那是个晴朗的黄昏，我站在窗前，看着其他人在外面的花园里嬉闹。我能看见克里斯的前额上有一个鸡蛋大小的肿块，周围还有大片淤青。

　　即便我受到了惩罚，我也不后悔自己做过的事。我还是觉得，在当时的情形下，那就是正确的做法。过了几天，放学回来之后，我发现金柏莉已经从这里搬走了。我很伤心，因为没有机会跟她说再见。

第七章　回家

住进亚伯勒几个月之后，我被告知可以开始周末回家探亲了。对此我的感情很复杂。我还是想念兄弟姐妹的，但是我一点也不想跟格洛丽亚和丹尼斯待在一起，不想沉浸在噪音、肮脏和攻击里，我好不容易才摆脱了这些。如果可以选择，我宁愿待在亚伯勒跟盖伊或者其他朋友们在一起。但是，我没有机会选择，而且我觉得不想见自己家人这样的话我说不出口。探亲将成为我日常生活的一个有规律的部分，每隔一个周末一次。亚伯勒的工作人员会在周六或者周日的早晨送我回家，当天下午晚些时候再来接我。只要忍受中间这几个小时就好了。

由于我离开过家，经历过别的生活，现在感觉自己在家里真是个外人了。与亚伯勒相比，这个家感觉狭小而幽闭，而且无事可做，没有台球或乒乓球桌，没有玩具，也没有游戏。现在我有了新衣服，也习惯了住在美好、干净的地方。我见过了外面的世界如何生活，于是自己家的景象和声音显得压抑而沉闷。然而我曾经认为他们这样的生活是自然正常的，那时候我觉得没什么。现在我看他们的眼光几乎跟其他来访者一样了，比如社工和收债的人，而眼前这派景象，曾是其中一员的我并不引以为豪。

我在新学校表现很好，所以现在我能读书写字了，也习惯了跟大家好好说话而不是吼来吼去。我习惯了一群人正常互动，而不是一起喊叫。不得已回到旧的生活方式，哪怕每次只待一天，也是一种文化冲击。

当我回到铁皮房子的时候，感觉自己跟他们完全不一样了。从一年前我离开的那一刻起直到现在，他们对待彼此的方式没有任何改变。一切还是老样子，声音是老样子，气味是老样子，只不过对我来说似乎更糟了，因为我已经不再习惯。到处乱七八糟，也还是老样子。所有人依旧彼此尖叫大喊，格洛丽亚一直都是风暴的中心。在亚伯勒，有几十件不同的事情可以做；在家里，只有电视嗡嗡响。从踏进家门的瞬间，到离开家门的一刻，我不知道自己要做什么，只是等着时间过去罢了。

我离开的时候，罗伯特和布兰达比小婴儿大不了多少，现在都长大了一些，所以多了两张嘴吃饭，也多了两张嘴喊叫。现在唯一的不同是格洛丽亚和丹尼斯不能打我，因为几个小时后就会有人回来接我走。他们知道，如果给我留下淤青或者伤口，就会被发现，那他们就麻烦了。我受到保护，免于被他们伤害，不过这增加了我的孤立，似乎有一张无形的玻璃盾牌横在我们中间。对于这种保护，我心存感激，也更觉得不安。我一整天都和兄弟姐妹玩耍，不过一到该回亚伯勒我朋友们那儿的时间，我就会长舒一口气。

更糟糕的是，丹尼斯不得不放弃了工作。他被发现患有癫痫病。他在铁路上工作的时候犯了病，所以英国铁路公司付了他一点遣散费，就把他辞退了，可他却用这笔钱买了越来越多的酒，试图逃避家里恐怖的现实生活。他越喝酒，越悲伤。

到亚伯勒两年之后，我十岁了，这时，大卫叔叔告诉了我一个坏得不能再坏的消息。他告诉我，我要永远地回家去了。格洛丽亚和丹尼斯一定是通过什么方式说服了相关机构，说他们会改过自新，说他们现在可以给我做一对合格的父母了，说他们不会再虐待我。我永远不知道，那些见过房子的状态和他们两个的人，怎么会相信这些。即使在当时，我也根本不相信回到他们的掌控下之后，事情会有任何改变。虽然我回家探亲的时候，他们对我很好，我见到兄弟姐妹也很高兴，但是，我不想回去住在污垢里，没有像样的有规律的饮食，卧室里没有灯，还有所有那些限制。我确信，一旦我回到家，所有的事情都会回到我小时候的状态，这两年亚伯勒给予我的所有优势将全部丧失。待在现在的地方，我感觉那么幸福，如果他们允许，我愿意待在这里永远不离开。我已经习惯了和别的孩子交往，我不确定自己是否还有能力再次应付那些尖叫和咆哮，更不用说肉体和心灵的折磨了。

很难想象福利机构怎么会相信事情会有好转。现在家里有六个活蹦乱跳的孩子要吃饭，而实际上却没有任何收入来源。整个家里都没有一个人挣钱养家，而且很显然丹尼斯酗酒成性，这一点连我们小孩子都看得出来。压力必定是越积越重，可他们为什么会觉得那是我应该待的地方呢？

离开亚伯勒的时间到了，大卫叔叔送给我一个玩具汽车让我带上。我们告别的时候，他紧紧地抱了抱我。

"凯文，你是一个非常特殊的孩子，"他说，"你有一颗善良的心。没有人能把它从你身上拿走。"

我也抱了抱他，跟大家说再见，在这两年里，他们已经成了我的家人。然后我被一名社工领出去上了车。我感觉像是要被拖去刑场一样。我很害怕，我的胃翻江倒海，早年生活的画面一幕幕闪过脑海，嘲笑着我。回新阿丁顿的路似乎走了一个世纪。我们到达的时候，刚好是下午茶时间。我们沿着小路走过去，格洛丽亚开门迎接我们，一堆孩子绕着她的腿转。她敞开大嗓门表示友好，她已经尽力了。社工只停留了几分钟，期间我去厨房看了一眼我的父亲。他浑身上下散发着悲哀的气息，似乎生活终于打败了他，似乎他想尽了办法要把事情做好，却发现什么都做不好。现在除了杜松子酒瓶之外，什么都无法把他从现实生活中解救出来。

　　一开始，事情并没有我预想的那么糟糕。我又回到了之前的学校，虽然其他孩子我都记不太清了，但在亚伯勒的经历说明，我已经可以很容易地与男孩女孩交往。我小的时候，所有的女人和女孩我都不敢看一眼，现在我意识到我不必害怕，她们也可以是我的朋友。

　　然而两周之后，事情急剧滑坡。格洛丽亚把我的新衣服和玩具都拿去给了韦恩。如果我抗议说东西是我的，她就会生我的气，所以我学会了默不作声，从不抱怨。我父亲酗酒，让大家都经常绷紧神经。虽然他不再工作，可他无法忍受待在家里一整天，所以他会去伦敦的巴特西区，在一家叫作"梅森的怀抱"的小酒馆里坐着。酒馆位于泰晤士河的桥边，他以前的工友们经常去那里聚聚。他太内向了，交不了新朋友，但他一定要逃离格洛丽亚的咆哮和怒骂，哪怕每天就一会儿。他出去之前总是打扮一下，穿上西装。每逢周末或者学校放假，他出门之前，我们就都大喊大叫，求他带我们一起去。在一番闹腾之后，如果我没有被选中，就得在他出门的瞬间，溜出家门，否则格洛丽亚会把我打个半死，因为我胆敢想离开她。

有时我会被选中跟他一起去，我爱那些日子。他离开之前总会有一场争吵，但只要我们走出家门，两个人就马上安静和睦。"梅森的怀抱"是一家昏暗的、充斥着烟味的小酒馆，我会坐在角落里喝橙汁，他则坐在吧台上喝啤酒。他时不时地向我这边瞟两眼，看看我是否安好，有时他的工友会派给我一件差事，比如买份报纸什么的。我知道，在那样的日子里，我是安全的，因为我远离了格洛丽亚。丹尼斯会带着我一起去坐火车，他还有免费的特许车票。如果不是高峰时间，我们还可以坐头等车厢，但我一定要安静，要乖。我一定要挺直腰背好好坐着，看起来要有礼貌，他会从牙缝里对我"嘘"地下命令。但我不介意，只要能离开家，只要安全。

有一次我们返程回家，那天丹尼斯在小酒馆从中午之前一直喝到下午六点，我们像往常一样到维多利亚火车站去坐火车。从那里，我们可以坐上去东克罗伊登的快速火车，然后再坐公共汽车去新阿丁顿。当时还是高峰时段，我们在维多利亚火车站赶路的时候，到处都是匆匆忙忙的人群，让我联想到一群蚂蚁被水泼了之后落荒而逃的景象。我们设法在头等车厢找到了两个座位，因为那天那个时间我们其实不应该坐在那里，所以丹尼斯让我好好坐着别出声。我们隔间外面的过道里挤满了着急回家的人。我觉得不安，他们肯定在想我们俩坐在里面干什么。我抬头看了看丹尼斯，发现他开始控制不住地颤抖。隔间里的人也注意到了。事态迅速恶化，不容许大家礼貌地视而不见了，他们都站了起来，迷惑又尴尬，不知所措。我以前见过很多次，所以我让大家给他腾出空间。他胳膊伸直了，撞到了旁边座位上的人。我试图给他松开领带，可我的手指不够有力量，解不开结。一个男人主动说要帮我，我告诉他要怎么做。

"你得解开他的领带和衬衣上面的扣子，"我说，"他得躺在地上，要侧躺，这样不会呛到。"

那个男人又让另一个乘客也帮忙，他们一起把我父亲放到了隔间的地板上。他抽搐着，口吐白沫。我听到外面响起了大喇叭的声音："如果车站上有医生，请您联系我们英国铁路的工作人员。"

火车还没有开，我们周围拥挤的人群几乎掩饰不住他们的不耐烦，等着这件事快处理完，他们好回家。几分钟过后，一个医生来到隔间，给丹尼斯检查了一遍。

"他有癫痫病。"我说，希望有所帮助。

医生点点头表示知道了。在我们等待痉挛过去的时候，他尽力让我父亲舒服。时间一分一秒地过去，滴滴答答慢得恼人，可我们没有别的办法。丹尼斯苏醒以后，事情开始回归正常。医生帮他坐回到座位，其他人谨慎地在他周围坐下来，尽量掩饰自己的紧张。想必对于丹尼斯这么内向的人来说，在公共场合丢人现眼是一次痛苦的经历。我坐回自己的座位，注意到大家都在低头盯着我，跟学校里同学和老师经常看我的眼神一模一样。我猜他们这会儿想的是我俩在头等车厢做什么。我觉得浑身不自在，把视线转向窗外，避开他们的眼神，不料站台上有更多的人在抬头盯着我。这次似乎是我在低头看他们，但这并没有让我感觉好受一点点。我瞥了一眼我父亲，他还没有完全镇定下来，他避开了我的眼光。我又回头看窗外，使劲儿吐舌头，能吐多长吐多长。玻璃外面的那些面孔似乎不太高兴，不过人群开始散开，火车准备开始它的旅程。

我习惯了丹尼斯痉挛，但不是在公共场所。有时候，他的痉挛给了我机会，让我可以小小报复他一下，为他那么多次伤害我，也为他对格洛丽亚伤害我视而不见。我发现，如果我在他痉挛的时候把手举到他脸的上方，他会完全吓傻。有时候，如果他打了我而我对他怀恨在心，我就会故意那样做，只是为了惩罚他对我做过的事。有时我怀疑他是假装痉挛，只为摆脱与格洛丽亚的争吵——就算她这样的人，也会觉得很难继续咆哮辱骂一个躺倒在地口吐白沫的男人。

　　每天从公共汽车站往家走的路上，他总会到酒铺买上半瓶杜松子酒，抱着酒瓶子整晚站在厨房里，听着不变的猫王的音乐，那旋律我从记事起就一直在听了。夜晚缓缓流逝，他调高了音量，想淹没房子里的所有其他噪音。每天买那些酒花的钱肯定比我们全部其他日常开支加起来还要多，而且他还抽烟。尽管我当时还很小，也已经看出来只要丹尼斯带着这个坏习惯，我们就永远不可能从坑里爬出来。唯一的希望就是我自己想办法赚钱，不依靠他和格洛丽亚，还可以为我们其他人买食物。但是我想不出任何方法能持续赚钱，至少在两年之内做不到。我被彻底困住了。我极度想念大卫叔叔、亚伯勒，还有东格林斯特德镇那些朋友们。只有在亚伯勒的那段时间，我才像个孩子，虽然只有短短两年。

第八章　走下坡路

对别的孩子来说，我刚刚回到以前的学校时，想必还有点像他们中的一员，但是很快他们就会发现我不是，我还是小瘪三中的一员。

我的新老师拉金夫人对我非常好。她很苗条，说话温柔。我觉得她具备一位母亲应具备的所有素质，我总是使出浑身解数去讨好她，赢得她的认可。我能看出来她喜欢我，她能看穿我外表掩盖下的真面目。我的外貌和味道又开始像一个小瘪三，衣着明显过时而且邋遢，其他孩子开始疏远我，再次开始嘲弄我。他们一看到我的身影就骂，不管是在操场、走廊，还是在教室和更衣室，一刻也逃脱不了他们的嘲弄。他们会大声辱骂我的母亲，我知道他们的辱骂都是基于事实。不管我自己私下怎么想格洛丽亚，我还是坚信，对外的时候自己必须向着家人，所以我会攻击那些说她坏话的人。我从她身上继承了坏脾气，使我经常给老师们惹麻烦，他们总觉得我是个桀骜不驯的孩子。其实我只是承受了太多的压力和紧张，一刻也逃脱不开。从早上醒来到夜里陷入无意识状态，我每时每刻都在斗争或者被别人攻击，即使睡着的时候也不能幸免，因为会做噩梦。压力在我内心越积越多，就像一根绷紧的弹簧，我时常会失去控制。

随着我的社会接受度每况愈下，我的家庭作业也走了下坡路。我发现上课的时候不可能集中注意力，这样一来，我更让老师头疼，而且晚上在家也不可能做作业，因为根本没有一点安静的空间和整洁的台面。卧室里没有灯，我更不可能去那里写作业。我听说过第三世界的贫苦家庭的孩子们，天黑之后不得不坐在路灯底下学习，因为家里的灯不够明亮。我完全理解他们的苦衷，但在南伦敦郊区，连这样的选择都没有。我的时间都用在了应对饥饿、躲避格洛丽亚和丹尼斯、不出声避免挨打这些事情上。作业根本没法完成，成绩也再次一落千丈，下滑到班里的末位。

我们永远都饥肠辘辘，因为早上总是不吃早饭就出门，然后一直等到午餐时间，只为使用政府发给我们的代金券。上午我会忍不住从其他孩子的便当盒里偷东西吃，试图缓解胃里的痛苦，我发现根本不可能抵挡食物的诱惑。

大家都知道是我在偷东西，于是我不仅是小瘪三，又多了小偷的名声。做这种事让我感到悔恨，可我只是太饿了，便当盒里的食物看起来又那么诱人。我总会想起大卫叔叔说的不能自己成为执法者，但是每次都会被饥饿占据上风。我觉得一个饿成那样的小孩子不可能抵挡住偷东西吃的冲动。我认为，永远不应该给他们这样的考验，也不应该因此批评他们。

家里的电视永远开着，与喊叫声和撞击声一较高低，而我在电视屏幕上看到的画面，给我提供了一条我迫切需要的逃离现实的路线。我会一连几个小时坐在肮脏的地板上，坐在一堆堆脏衣服和垃圾中间，尽量让自己缩小一些、安静一些，以免吸引格洛丽亚的注意，试图让自己沉浸在电视节目中，那里面上演着更好的生活。即使像周日下午的《一起玩吧》这样的基础儿童节目，也是洗澡时间到来之前的一种简单的逃避。

不过，最好的节目都来自美国。他们有一种娱乐感和戏剧感以及简单的善恶故事情节。我最喜欢的有《默克与明蒂》、《警界双雄》、《神探库杰克》、《正义前锋》、《加州高速公路巡警》，当然还有《哈克贝利·费恩历险记》，那里面的每个人都一直开开心心的，想做什么就做什么。善良总是战胜厄运，任何人在任何情况下都可以谈吐机智诙谐。美国的一切看上去好太多了，幅员辽阔，自由，轻松，开放。不过，总是很难完全沉浸在节目里，因为周围人太多了，他们不仅弄出太多噪音，还企图找茬打架。

当我躺着的时候，我经常想象自己去了美国，哈克贝利·费恩的国土。我幻想着有一天我的真父母会出现在房子里，解释说医院当年搞错了，然后带我离开。我想象着他们从美国来，计划带我回去，过电视上的那种生活。我知道总有一天我会去那里，就是这个想法支撑着我一路走了下去。当周围的一切都对你不利的时候，你就得有个梦想，而我的梦想就是美国。每当一个节目的演职员表开始滚动，我就迫不及待地期待下一个节目开始。有时候，好心人会批评孩子看电视太多，指责他们是"沙发上的土豆"，但是对我们这样的家庭来说，小小的屏幕是我发现的唯一能激发智力的地方。读书的想法未免可笑，家里没别的，只有厨房里无尽重复的猫王的歌、香烟、杜松子酒。最起码，电视机给了我机会，让我得以一瞥生活中更多的可能性，也给了我希望——某一天，隧道的尽头可能会出现一束光。

我们从国家手里拿到的那点小钱，每周都越来越早地用光了，只好向别人乞讨，能要到什么算什么。有时候，家里的钱都不够给格洛丽亚和丹尼斯买烟，这时我们就会被派出去，到排水沟或者商店的地上搜寻烟屁股。我们把战利品带回家给他们，就好像《雾都孤儿》中的孩子们回到头目费金的老巢。然后他们提取那一点点未燃烧的烟草，用瑞兹拉牌卷烟纸卷起来，再多满足他们的习惯一天，直到能买得起下一包香烟。

　　亚伯勒的生活很快就变得好像一场遥远的梦，好像事情是发生在别人身上的，而不是在我身上。六个饥肠辘辘、桀骜不驯的孩子，加上两个入不敷出的成年人，挤在一所预制的小房子里，谁也不可能拥有一点空间或者安宁，也根本没有时间从持续不断的打架和争吵中恢复过来。我们几乎从不出门，因为无处可去，于是我们总是待在家里，你挤我我挤你。周末，尤其是周日下午，是最难熬的。而节假日，像圣诞节、复活节和暑假，似乎漫长得没有尽头。我们谁也逃不掉。至少在正常的上学日，我们有几个小时可以离开房子，离开彼此。学校里的事情再怎么糟糕，也总比在家里强。我和韦恩每天都设法尽量少待在家里，我们绞尽脑汁想找到办法赚钱买食物，来填充我们永远空荡荡的胃。

第九章　苦苦求生存

现在，如果打架了，韦恩、雪伦和朱莉会站在格洛丽亚和丹尼斯那边，一起对抗我。我能理解他们为什么这么做。我现在长大了一些，更有能力照顾自己了，如果他们站在我这边，很有可能会惹上麻烦挨打。但是他们的背叛让我的生活更加艰难了，有时我会恨他们，因为我遭到否定的时候，他们几乎不怎么搭理我，尤其是韦恩和布兰达。有时，格洛丽亚会让其他人出去玩，唯独把我困在屋里。于是，我只好坐在窗前，看着他们玩耍，就好像在亚伯勒那次，只不过格洛丽亚这么做是不公正、无理由的，她只是恨我。

想必我几乎从东格林斯特德镇回到家的那一刻起，就在挑战格洛丽亚的神经，她很快就按捺不住了，只要我一靠近她，她就打我。对她来说，我就是太烦人，让她受不了。因为我现在长大了一些，就更下定决心不能再哭了，而这似乎愈发激怒了她。她一定是把这视为了对她权力的某种新形式的挑衅，因为她会不停地殴打我、拳头猛击、破口大骂，直到我最终再也忍不住眼泪。我的父亲也会一起打我，因为她殴打他"操蛋的儿子"，还谴责他不知道管管我，把他搞得心烦意乱。为了避免跟她争吵，他直接打我，也不管我被捏造了什么罪状。我不能理解的是，大多数时间我根本没有做错任何事。我明明知道做错了事会受到恐怖的处罚，怎么可能会去做呢？

我浑身上下布满了淤青，可她并不满足于肉体上虐待我。她打我的同时，会不停地对着我的耳朵大骂，她的脸离我的脸只有一英寸远，"凯文是个同性恋！凯文是个同性恋！他是个同性恋，他是个同性恋，他是个同性恋！"自始至终的咬、掐、拳打脚踢，给她的诅咒平添了几分力量。"你个操蛋的同性恋！"就跟她几年前一样。

我完全搞不懂她为什么会那样想。我不知道是我长得有点女性化，还是她就是随便找了个词侮辱我。我懵懂地明白这个词的意思，可我不明白它为什么会适用于我。我想，我会不会有什么毛病，是她知道而我不知道的。我是同性恋吗？我会问自己。

现在丹尼斯一直在家，如果他没有去酒馆，他们俩之间的摩擦就会升温到一个固定不变的沸点。当我们都在学校，他们俩没有其他可攻击对象的时候，就相互攻击。有一天，我放学回家之后，发现他们俩在前室打架。她打起架来不像个女人，那场面就好像两个男人在酒吧打架。他们抓住对方，竭尽全力互殴，就像我在美国警匪片中看到的舞台化打斗，不同的是丹尼斯和格洛丽亚打斗的时候能看到真伤。他们拽对方的头发，满屋子暴跳，扔得椅子和衣服满天飞。其他孩子都在尖叫着想让他们停下来，恐慌不已，眼见着自己的父母要把对方撕碎。

我也跟着喊起来，想让他们讲讲道理，各让一步。他们当然还会继续打，直到一方被打死为止。我的声音想必穿过了他们的耳朵，因为他们暂停了一下。他眼神迷茫，因为喝了酒，也因为她落在他身上的那些拳头，而她则愤怒地吐了一口唾沫。接着矛头转向了我。突然之间，愤怒的两个人联起了手，把我抓过去，摁在地上，一顿拳打脚踢牙咬，其他人尖叫着让他们停手。似乎他们对我的憎恨联合了起来，战胜了他们对彼此的愤怒。其他孩子们的尖叫声越来越大，他们一定以为我这次要被打死了，但最后他们两个终于打累了，我得以爬出前室，爬上了卧室。

　　日子一天天过去，这样的事件越来越频繁，也越来越暴力。有时候格洛丽亚会想出新招数给我制造疼痛。她有一台旧式上开门洗衣机，最上面有个自动轧布机。它由两个滚筒组成，可以挤压出衣服里多余的水分，使衣服干得更快。我和韦恩有时候会玩一个游戏，看看谁敢在滚筒旋转的时候碰一下。有一天，她看见我们玩这个，怒不可遏，把我的手指推进了轧布机。疼痛瞬间传来，两个滚筒无情地吃进了我的手指，碾压着它们。

　　"妈咪，不要！"我尖叫起来，一声接一声，因为恐惧而歇斯底里，觉得我肯定要失去我的手指了。我越尖叫，她推得越用力。我的喊声想必比平时更大、更急促，因为丹尼斯出现在我们旁边，一把推开她，把我的手拉了出来，幸好关节还没有被压碎到不可补救。我想我再也不会叫她妈咪了。

　　虽然日常生活中的一切都越来越残酷，但我还有一条生命线对外界保持着开放。我跟盖伊和吉妮·蒙森一直有联系，他们是我在东格林斯特德镇的时候交的朋友。我们通信，吉妮也经常过来接我出去跟他们玩一天。吉妮写给我的信，格洛丽亚会先打开，然后才给我，并讥讽我一番。家里其他人从来都没收到过手写的信，可她又没办法阻止这些特殊待遇，否则就是在向外界暴露她私底下在家里对我有多么痛恨。我跟吉妮和盖伊在一起的时候，会假装家里一切都很好，因为我不想让别人同情我。而且，如果格洛丽亚知道我说她的坏话，就又有借口揍我了。我怀疑吉妮从我身上经常带着的淤青也能猜出来，但如果她问我怎么回事，我就说是摔的。我确信她一定知道我在家受到了虐待，但她尊重我的隐私，我不想回答的问题，她从来都不过问。她只是让我知道，如果我需要朋友，她会一直在那里。对此我已经感激不尽了。

我爱跟他们待在一起的时光。唯一破坏这些美好时光的事情，就是我还会尿床。虽然吉妮从来不会为这种事生我的气，而且会不声不响地帮我清理干净，但我还是觉得很难为情。我和盖伊的关系也不像在亚伯勒和鲍德温山小学时那么铁了。他在学校里不断进步，和我们的同龄人一样，而我现在却在退步。每次见面都发现我们的共同语言越来越少。我又变得与众不同了，事实无法掩盖。随着我们之间的差距越来越大，我意识到，我去他们家更多地是因为我和吉妮的友谊，而不是和她儿子的友谊。她就像我的守护者，倾听我说话，向我展示外面的另一个世界，在那里，父母温柔地对待孩子，支持孩子，为孩子做一切该做的事情。不过，即使我们聊天的时候，我也不会告诉她家里的事情有多糟糕。我不敢说，以防她送我回家的时候跟格洛丽亚说什么。不过我从心底猜测，她其实知道。

除了尿床，我又开始做噩梦，就像小时候那样，半夜醒来，满身大汗，吓得大哭，同样的画面栩栩如生地印在我脑海里。尤其是两个画面。一个画面是大群的蚂蚁，我好像在看电影，但是图片不断摇晃着变动，聚焦越来越近，直到变成一只可怕的蚂蚁的特写，我就一个激灵吓醒了；另一个画面是国王和王后，他们坐在高高的椅子上，头被砍掉了。同样的场景一次次出现在我的梦境里。我永远习惯不了。我永远逃脱不了。

第十章　失控

　　我内心的压力越来越大。在家，是时常的殴打和讥讽："凯文是同性恋！凯文是同性恋！"在学校，是更多的讥讽："路易斯是小瘪三！小瘪三！小瘪三！"即使睡着了，也不能摆脱噩梦的侵扰。

　　无情的压力连续击打着我的大脑，一周接一周，没有休息，没有暂停。格洛丽亚想必也学会了收敛一点，因为她很少再打我能被人看见的地方。虽然我遍体淤青，但穿上衣服之后就什么都看不见了，所以在学校没人会发现，只有上体育课的时候需要搪塞应付一下。大多数时候没人会注意到，我也没法找任何人求助，因为我害怕背叛格洛丽亚所引起的后果。

　　最终，我再也忍不住了，火山终于喷发。那是在我们去集合的路上，有个似乎拥有世界上一切东西的男孩就是不肯放过我。他不停地唱着"小瘪三，小瘪三，路易斯是个小瘪三！"

　　他一直唱，一直唱，直到我的脾气像沸腾一样大爆炸，所有自控的希望都消失得无影无踪。我向他扑去，就像我母亲扑向我那样，丝毫不保留一点体力或愤怒，看不见也听不见任何东西，只想着要让他闭嘴。我心里堆积的每一点挫败感都转化成拳头揍在他身上。我的愤怒给我的力量，远远超越了营养不良的弱小身躯该有的力量。我的对手根本没想到我会有任何回应，所以当即就倒在了地上，我虽然已经把他打败，但根本停不下来。想必格洛丽亚开始殴打我的时候，就是这种感觉，根本停不下来，想把每一分怒气、挫败感和不高兴通通发泄出来。周围一片尖叫和哭喊声，老师罗宾逊先生出现在我身后。他很可能命令过我住手，但是我已经听不进命令，我当时就是一个行动中的愤怒之球。他抓住我，紧紧抱住我，就像我在亚伯勒用台球打克里斯和马克时，大卫叔叔抱住我那样。他一路推着我到了大厅，这是大家进来集合的地方。大家都走另一扇门，以免被我一路的拳打脚踢误伤。他撞开门，我们跌跌撞撞地进去，我还在用尽全力挣扎，他试图让我冷静下来。我不停地挣扎，于是他把我摁在地上，以便容易控制一些，并在我耳边低声说着"冷静"。最终我意识到自己被制服了，停止了挣扎。我躺在地板上，突然觉得筋疲力竭，开始放声大哭。我往上看，发现礼堂里已经挤满了孩子和老师。

房间里的每一双眼睛都低头看着我。当我控制住哭泣的时候，整个房间都寂然无声，每个人的注意力都集中在地上的这个问题孩子身上，每个人都因为这戏剧化的局势而兴奋，庆幸可以从索然无味的日常生活中获得暂时的消遣。我再度从人群中孤立出来，呈现为一个与众不同的人，一个坏孩子，野蛮而无法管束的孩子。我只想找个地缝钻进去。我想和房间里的任何一个人换位。我一分钟也不想再做凯文·路易斯。我从来不想做凯文·路易斯，我一直想成为别人，有希望、有未来的别人，而不是一个无法逃脱的人。

即使经历了这样戏剧化的一幕并且当众出丑，我也只能振作起来继续生活。现在我明白，同样的事情还会再次发生，只不过是个时间问题。我的老师拉金太太似乎有点理解我的处境，她对我说话的语气总是很慈祥，我一度幻想她才是我的母亲，而不是格洛丽亚。有一天，我们下了游泳课回到教室后，我太饿了，就从一个午餐盒里偷了几口吃的。一个小女孩发现了我，开始叫我"小瘪三"。她是一个红头发的小姑娘，有哮喘病，我本来应该可以控制自己的，但是我恐慌了。我头天晚上刚被格洛丽亚揍过，心情不好，所以我打了她。这下我更恐慌了，紧张地颤抖，不知道接下来会发生什么。她哭起来，拉金太太走过来，想看看是怎么回事。她要求我给个解释，而我无话可说。她抓住我，我吓坏了，用膝盖顶了她的腹股沟。她是一个对我慈祥而友善的人啊。我瞬间明白自己这次大错特错了。

拉金太太用悲伤的眼神看着我。"凯文，就这样吗？"她问我，我哭起来。"过来，"她说，"校长办公室。"

我打了老师，而且是女老师，我还打了小女孩。这下我明白自己的行为完全超出了可接受的范围。他们不可能不惩罚我，而我在某种程度上很想被惩罚，因为我伤害了拉金太太，她向来都是站在我这边的。或许，我真的是个坏人，就像格洛丽亚说的那样。在校长办公室，我一直不停地说"对不起"，但是显然已经太晚了。他们派人去叫格洛丽亚来，我明白自己将身处何境。我求他们不要去，但我想他们也别无他法。

格洛丽亚到校长办公室的时候，表现得像一位关心孩子的家长。当他们向格洛丽亚解释发生的一切时，拉金太太看我的眼神还是那么温暖，虽然我踢了她。我只想把时钟拨回一小时，那样我就可以做对所有的事情。校长说我必须休学。这可能是最坏的裁定了，因为这意味着我要连续多日被困在家里，跟格洛丽亚待在一起。我吓坏了。我们离开校长办公室的时候，她继续表现得像一位模范家长。

我们穿过我家后面的学校操场时，格洛丽亚握着我的手。在任何人看来，这都是个坚定的母亲的动作，但其实她的手指一直在使劲儿攥，她拖着我往家走的路上，我的胳膊都快被拽脱臼了。我们一进入房子之间的小胡同，离开了学校和马路的视线，我就央求她别再使劲儿攥我的手指了，但她理都不理。她再也控制不了自己的愤怒，一拳打在我的头上，我的脑袋爆炸了。疼痛令我头晕目眩，要不是她拽着我的胳膊，我早就摔倒在地了。她一路拖着我往家走，踢我的腿，掐我的胳膊，我跌跌撞撞地跟着走，试图清醒过来跟上。似乎使出多少暴力都不足以让她舒服一点，不足以缓解她自己心中沉积的任何压力。一连串脏话从她嘴里倾泻出来，我感觉自己真的危险了。我知道一旦进了家门，她就会失去全部自控，就像我在学校跟男孩子打架一样。她可能会直接杀了我。

我们一出小巷，我就设法摆脱了她的控制，沿着亨利国王路朝相反的方向使劲儿跑。我能听到身后她的声音回荡在马路上，尖锐刺耳，挫败而愤怒，毫不顾忌周围房子里的人会不会听到。

"你给我过来！马上！要不然你今晚就睡操蛋的浴室，你个操蛋的小逼！"

我最不怕睡浴室了。我确信的是，远远等不到睡觉时间，我就死翘翘了。我浑身上下充满了恐惧，从头发丝到飞奔的脚后跟。我跑啊跑，路上的车辆呼啸而过，我跑过一排排毫无特点的房子，跑过丑陋的塔楼公寓。我从肩膀往后瞥，她还在咆哮着喊我回去，不过她的声音越来越模糊，而且她没有跟过来。我跑到了路的尽头，狂乱地四下张望，想找个地方藏起来，不仅怕她找到我，也怕其他人可能感觉有义务把我抓回去交给她。我向高尔夫球场边的树林跑去，我和韦恩有时候会去那片树林玩耍，多年前我就计划藏在那里面。穿过繁忙的马路，越过山顶，来到一大片开阔的草地，这是举行当地足球赛的地方。目光扫过绿色的山谷，可以看到远处高尔夫球手的小小身影。我只想尽可能地远离满是房子和汽车的街道。我跑啊跑，直到冲进第一排树，才瘫软在灌木丛下，大汗淋漓，因为跑得太远太快，胸口发疼，心咚咚直跳。我的手指还在疼，她刚才给攥的；我的头还在嗡嗡眩晕，因为她打的那第一拳。我需要先休息一会儿。我恢复之后，一整个下午都在树林里游荡。独处是件愉快的事情，不需要和别人打交道。我喜欢树林的静谧。我想象自己是哈克贝利·费恩，无家可归，漫步在自己选择的方向，享受出现的任何冒险。休息一下、享受自由的感觉真好，尽管我知道这不会持续太久。

太阳落下去之后，天开始变凉，几个小时前还碧绿宜人的山谷，现在布满阴影。我思索着能否在哪里给自己搭一个庇护所，就像他们在电视节目里做的那样。我开始感觉饥肠辘辘，试图想出哪里可能找到吃的，就连想到格洛丽亚炸的油腻的薯条，都开始流口水。

树影渐渐重叠，树林外面的世界渐渐安静下来，我能听到周围树叶和树枝的沙沙声。我开始想象有什么东西藏在里面，观察着我，等着打我。有东西在我头顶的树上尖叫，还有东西从我脚下沙沙穿过，不见踪影。我的心在胸口砰砰直跳。我知道回家会挨揍，可是至少在家是安全的，而且她揍完之后，我就可以爬回自己床上。还可能有吃的，虽然仅仅是剩饭。只有上帝知道如果我在树林里过一整夜会发生什么事。我不情愿地迈开步子回家，拖着脚走在人行道上，一束束汽车前灯的灯光经过我身边。仅仅几个小时前，我就是从这条人行道上跑过去的。

格洛丽亚想必一直在窗户后面看着我，因为我一进入视线，她就打开了前门。她威胁地站在门口不动，只留了一点空隙，刚好够我默默地钻进去。

"你操蛋的儿子回来了！"她对着厨房里的丹尼斯大喊，关上了我身后的前门。

他出来看我，我看到他的脸上满是抓痕。我猜他们又打架了，想到这里我更害怕。其他人都吃完了自己的薯条，只有我那份还在桌上，等着我吃。都凉了，油脂凝固在薯条边缘，可是我饿疯了，什么都会吃的。我狼吞虎咽地吃完最后一口之后，丹尼斯让我回去睡觉，不要再惹格洛丽亚生气了。我从他身边经过的时候，他把手放在我的肩膀上，有时候他会这样做，似乎试图和我交流，但又不知道说什么。我尽量忍着不哭，可我忍不住。这样一个小小的动作我都承受不住。他把我抱起来，胳膊环绕着我，紧紧抱着。这几秒钟的时间我很有安全感，尽管我知道她就在背后等着，而且他明天去酒馆会朋友之后，她还是会在家。

那天晚上她没有打我，我睡得很香。或许她和每个人打架打累了。第二天，我还是不能去上学，因为被休学了，而我知道她无法忍受我一整天在家里晃悠。我猜对了。休学期间，每一天她都打我，能找到什么工具就用什么工具：手，腰带，破扫帚柄。最后她打得太严重，我第二天早上爬不起来了。我一整天都卧床不起，当天晚上丹尼斯从酒馆回来之后，我听到他们在楼下说话。他上楼来到我房间，轻轻地把我从床上抱起来，没有说一句话。

他把我抱到他们的卧室，那儿有一盏灯。他检查着我身上的痕迹，她双手抱在胸前站在背后看着。我能看出来他们都有点紧张。

她不该选择那天把我打得能看出来，因为第二天社工该来拜访了。他们每两三周才来一次，所以她通常在他们拜访之前的几天就不打我了，让淤青褪掉。这次她留的时间太少，虽然我的脸上并没有痕迹。他们显然非常担忧，这次她做得太过了。丹尼斯把我抱回我的床上。

第二天，她让我躺在床上别起来，把被子掖到我下巴底下，对我说无论发生什么，都不能把被子往下拉。

"你要是敢和那个女人说什么，等她一走你他妈就等着挨棍子！"她警告我，而我没有理由怀疑她的话。

我听到楼下社工到了。布兰达和罗伯特还太小没有上学，其他孩子都不在家，所以屋里相当安静，只有背景里电视机播放的声音。我听见楼下格洛丽亚大声地倾吐她的抱怨和苦水。所有来我家的访客都会尽快地离开，我只希望这次这个女人能在离开之前拉下我的被子。如果她这样做了，那么她看见伤痕就不是我的错了，然后或许他们会再把我送到亚伯勒去。上楼的声音越来越近，我等待着，心砰砰直跳。格洛丽亚把窗帘拉上了，所以没有灯光的话，这个女人就很难看清任何东西。她跟女人说着我身体多么不舒服，女人发出同情的声音。

他们到了卧室，社工问我怎么样，我说我挺好的。因为太恐惧，所以不敢说别的，害怕她离开之后我会受到报复。她显然希望相信我，因为如果我没事，她就可以尽快逃离这房间。我集中所有力量，试图用意念让她掀开那遮盖着我伤痕累累的身躯的被单，可是我发现她已经在往门外退了，可能只是想逃离屋里的气味。

"我希望你很快好起来，凯文。"她说，然后走了，带走了我逃离这里的所有希望。

第二周，我回到了学校，拉金太太表现得好像整件事情根本没有发生过一样。她正忙着组织一场才艺竞赛。

"你想在竞赛里扮演什么，凯文？"她问我。

"华泽尔·古米治①。"我说，我知道格洛丽亚永远不会允许我做这类事情。华泽尔是一个稻草人，在当时它的电视剧很受欢迎。一整天我都感觉真的很伤心，因为我无法加入到其他人的快乐之中。

放学铃声响了，拉金太太让我留下来。

"你希望我帮你准备演出服装吗，凯文？"她问。

她一定是知道其他所有孩子都会得到父母的帮助，而猜想到格洛丽亚和丹尼斯不会做这种有挑战性的事情。

"不用了，老师，"我说，我眼睛看着地板，"我不能参加比赛。"

"好吧，"她说，手摸着我的头，"需要我和你父母谈一谈吗？"

"不要！"我说，声音比自己预想的要尖锐。我完全可以想象，如果有老师到家里去的话，格洛丽亚会怎么攻击我，而且我也不希望拉金太太看见我们的生活方式。我觉得如果她看见了我们家的样子，她看我的眼光就会跟学校里其他孩子一样了。她会觉得我只是一个小瘪三，是一个不值得她浪费精力的人。

所有其他孩子都在讨论自己在竞赛里做什么或者扮演什么，但是没有人过问我，所以我也不需要承认自己不参加。我在沃尔

①英国儿童故事人物，一个会走路和说话的稻草人。——译注

西小学的日子很快就结束了，我安慰自己，想着去了下一所学校，情况就会好一点。

竞赛前的几天，放学后有人敲我家的门，格洛丽亚开了门，拉金太太站在那里。我的心一沉，赶紧躲了起来。她们两个站在门口聊，我躲得远远的，竭力想听见发生了什么事。拉金太太的声音太轻柔了，根本听不见她说了什么。她走了之后，格洛丽亚也没有说我什么。我知道最好什么也别问。我只是松了一口气，好在这次拜访没有导致我挨一顿打。

第二天上午课间休息的时候，拉金太太让我留下来。

"我有东西给你看。"她说。她从桌子里拉出一个塑料购物袋，里面是一套完整的稻草人装备，袖子上是稻草，到处都是补丁。"这是你明天比赛的演出服。"

"可是……"我反驳道。

"没关系，"她打断我的话，"你母亲那里我都说好了。不过你要想赢的话，最好想一些台词说说。"

那天下午，我自己写了一些台词。我花了大量时间在上面，感觉自己像个真正的孩子，就跟其他孩子一样，而不是一个外人。

第二天，礼堂里挤满了家长、教职工和访客。我从幕布边上偷偷看去，在面孔的海洋中搜寻格洛丽亚和丹尼斯，但是没看见他们。我想我并不是真的期望他们来，正好相反，从某种程度上来讲，他们没来我倒是松了一口气，不过想想他们如果可以看见我做点事的话，应该也不错。或许到时候他们就会意识到，我并不像他们一直说的那么一无是处。我们在后台等着表演的时候，礼堂里真是热闹。我和其他人一样穿着演出服，我是这个活动中的一员，当我隐藏在华泽尔·古米治的外表下时，大家似乎都忘了他们是鄙视我的。那感觉好得让我几乎无法承受，就像回到了亚伯勒，就像是大家庭的一员。虽然稻草扎得很痒，但我豪不在乎。轮到我表演的时候，我大步走上舞台，台下观众看到我的打扮，爆发出阵阵笑声，然后大家都安静下来，等待我的台词。我怯场了，一句话也想不起来，脑袋空空如也，所有精心准备的台词都忘光了。我低下眼睛看了看第一排，发现拉金太太和罗宾逊先生都带着鼓励的微笑抬头看着我。似乎过了一个世纪，台词才慢慢开始从我嘴里说出来，然后我听到了有生以来听过的最美妙的声音。那是笑声，而且是为我而笑的。但又不是我司空见惯的那种无情的笑声。他们不是嘲笑我，他们是喜欢我的表演。他们对我很满意。我又试着说了几句，添加了一两个表情或动作，就像电视里的华泽尔那样，这时候笑声更响了，进一步增强了我的自信。有些人突然大喊，那种呐喊声是多么高兴的声音啊。我是那么兴奋，他们都不愿意让我离开舞台了。我估计可以在舞台上待一整夜。最后，我鞠躬离开，感觉脚下轻飘飘的。

演出一结束，我就跑回了家，这次经历让我无比自豪和兴奋。我一闯进前门，就对格洛丽亚大声说："我今天比赛太高兴了，你要是来看就好了！"

"要是？"她冷笑，我立刻意识到自己说了不该说的话。"要是？"

我抹去脸上的笑，迅速转移目光，径直跑上楼，钻进卧室，离她远点。我坐在床沿上，脑海中重新上演着刚才发生的一切，笑容又控制不住地回到了脸上。

我在沃尔西小学的日子将在几周之后结束。离开之前，拉金太太给了我们每人一张卡片，里面夹着一枚 20 便士硬币。我的卡片上简单地写着："别忘了数到十之后再作出反应。爱你的，拉金太太。"

第十一章　出去找活儿干

　　假期总是很难熬，因为放假意味着我们所有人都要一天二十四小时被囚禁在家里。虽然学校带来的是另一种形式的地狱生活，但至少它给了我们几个小时的喘息空间。每当假期来临，我就找借口出去，而且我总是饥肠辘辘，所以，从大概十岁或十一岁开始，我就想办法赚钱，给自己和兄弟姐妹们买吃的了。那是1980年左右。

　　其实在那么小的时候是很难赚到钱的，一方面因为被允许做的工作不多，另一方面也因为总是有人想方设法欺骗儿童，企图不付报酬。我曾经去当地的高尔夫球场做球童。虽然高尔夫球场是非常舒适的地方，尤其是天气好的时候，但其实球童的工作非常辛苦，尤其是你还小，而且因为食不果腹，身体没有预想的那么强壮。我一整天拖着俱乐部的袋子跟着球手，而他们经常打完球之后发现自己没钱了。他们总有这样那样的理由，会告诉我回头去哪儿找他们拿钱。有几次我去寻找这些人给我的地址，一连好几个小时在街上游荡，试图回忆起他们给我的名字到底是什么。有时我会猜测一下，按个门铃，结果发现地方不对。其实这些人直接把欠我的几块钱给我就行了，对他们来说这简直易如反掌。对于他们来说，这些钱只是九牛一毛，可能还不够买一瓶小酒。

但对我来说，却可以买到食物。每当有人耍这个花招，我们只能认栽，一天又白干了。

即使我手里拿到了钱，带回家也毫无意义，因为格洛丽亚或丹尼斯会把钱要走去买酒烟。他们总是承诺会还给我，说得轻巧，但从来没有兑现过。所以我们不管是谁赚到了多少钱，就立刻买糖果、炸鱼和薯条，或者随便什么我们买得起的东西，将饥饿之苦缓解几个小时。购物区炸鱼薯条店里的人会把剩下的炸面糊碎屑存起来，按袋卖给我们，那些东西便宜又果腹。

如果我赚到了钱又不想带进家门，我就往家走，但不进门，而是到房子对面的电话亭等着，试图吸引韦恩或者雪伦的注意力，然后我们就可以一起去炸鱼薯条店。对于一个小男孩来说，这段路很长。带着钱从镇上或者高尔夫球场一路走回家，然后再带着哥哥和妹妹一路走回去。不过，一想到食物，饥饿的小孩就有了长途跋涉的动力。

我们的饮食总是很差劲，格洛丽亚根本不知道怎样喂养孩子。我们过日子几乎全部依赖薯条，当然没有任何新鲜水果或蔬菜。炸薯条的锅从来没洗过，就搁在厨房一角，等待下一把薯条扔进去。油炸东西的陈腐气味附着在家里的每一件物品上，也附着在每一个来过的人身上。

我从东格林斯特德镇回到家后的第一个暑假，我还想赚足够的钱给自己买一份生日礼物。在亚伯勒，我领会到了被给予礼物的感觉有多么美好，而我知道我的父母不会给我。于是，我决定给自己买个东西，用塑料袋子包装好，然后在生日那天打开它，就像是个惊喜，假装自己不记得里面是什么。这个仪式我在随后的岁月里重复了无数次。虽然过了这么久，这个习惯到现在都没改掉。这让我妻子发疯，因为我总是在生日前几天，就把自己想要的东西买了，却没想到她可能也正想买给我。

我早年的工作中，有一份工作是做送牛奶男孩。我强迫自己在早晨四五点钟就醒来，那时全家人都还在沉睡，我蹑手蹑脚地穿好衣服，溜下楼走出家门。尽管我没有手表，但我总能知道大概的时间，起床对我来说从来就不是个问题。我喜欢清晨的宁静和空气的清新。我满大街跑，寻找送牛奶的马车，留心听马车的电子马达特有的嗡嗡声和奶瓶在板条箱里的咯咯声，然后我会提出来帮助送奶工送牛奶。如果我能成功找到一位，他们一般都会同意，也会为我的劳动付钱给我，但并不总是能及时找到他们。有些早晨，我会花一两个小时的时间满大街寻找，直到时间太晚，然后我不得不两手空空饿着肚子回家，因为不能耽误上学。我最喜欢的那位送奶工有时候会给我食物而不是钱，他的食物放在送牛奶的马车上。这样我总是很开心，因为这样我就有了早餐，意味着我们可以肚子饱饱地过完一上午直到午饭时间到来。

在新阿丁顿，每周五有一个露天市场，主路和商店之间的停车场里挤满了货摊和货车，你能想象到的所有东西那里都有卖，从上好的蔬菜水果到廉价的衣服和电子小玩意儿。有一个肉品拍卖商，他会现身在一辆大货车里，把一边放下来，直接在车上搭起商店。我坐下来，敬畏地注视着他。他高高地在车上，站在柜台后面，应付着人群，叫卖着商品，记录着出价，开着玩笑。在市场上工作的每一个人似乎都有现钱而且享受自己所做的事情。我热爱这样一个热闹的世界，在这里你凭借当天达成的交易生活；我也热爱这些购物和闲逛的拥挤人群，他们漫步挤过一个又一个紧密排布的货摊。

那时我很早就起床，走上两三公里才到购物区，赶上他们正好开着货车到达，过去提出我的服务。有个经营玩具摊的人会给我几块钱，让我帮他搭货摊、摆东西，我非常乐意做。不论天气如何，市场总是照常开市，我还记得有一年是在雪里干活儿的。当时我只穿了一双胶底帆布鞋，双脚冰冷，感觉要冻掉了。市场上的全职工人们都穿着有垫子的月球防寒靴，80年代早期很流行这种鞋。我真的很想要一双，但是我根本买不起，连市场上卖的最便宜的都买不起。我赚的所有的钱都买了食物，还轮不到用来给双脚保暖，所以我只能保持沉默，跺着脚，保持血液循环，坚持着。

暑假的时候，游艺集市会到镇里来，我和韦恩都会过去帮忙搭建。我们一家一家地问有没有工作想让我们做。那是很重的体力工作。挣钱当然很棒，但是离开家门、身处友好而快乐的人群当中，才是真正的福利。几年后，我的弟弟罗伯特跟着游艺集市跑了，只为逃脱家中的折磨。我想，他受到的虐待大致跟我一样，而游艺集市的世界给他提供了一条逃脱之路。

我十一岁的时候转到了另一所学校。我一直期待离开沃尔西小学，以为离开了就会有新的开始，就能最终交到朋友，就能和其他人一样。我忘了同一批孩子都会跟我一起转走，所以其实什么都没有改变。尽管我们不再近在我家屋后，但人们还是知道我母亲的事情、我的绰号、偷盗和坏脾气。那不是所好学校。我总是发现，那些孩子们单独一个人的时候会跟我说话，会很友好、很正常。然而，一旦他们在一起了，就会无视我或侮辱我。似乎他们相信如果被人看到跟我有来往就会被玷污，似乎他们有可能会沾上我的不受欢迎而被迫成为和我一样被遗弃的人。我能理解他们为什么有这种感觉，但我还是很受伤，我不知道如何打破这种被排挤和不受欢迎的怪圈。

有一个特别的女孩，在很多场合都对我非常友好。一天早晨，我上学迟到了，所以有点匆忙。路过她身边的时候，她正在透过窗户向教室里面的朋友挥手。就在这时，两个男孩子从屋里出来，骂了我一句，还推了我一把。我摔倒在女孩身上，把她撞到了窗户上，砰地一声撞到了她的脑袋。我吓坏了，因为我能看出来她伤得很重，而那两个男孩子已经消失得无影无踪，把我一个人留在了现场，看上去罪魁祸首就是我。女孩在大哭，所以没有人问她发生了什么。鉴于我有前科，大家当即认定是我攻击了她。我被拽到了校长面前，他素以严酷闻名。我试图解释发生的事情，但他不听。没有人相信我是被别人推的，他们都坚信是我无缘无故推她撞到了玻璃上。我为什么要这么做？他们不停地指责我的时候，我自己心里默默这样想着。她总是对我很友好，我为什么要攻击为数不多的对我友好的人？我怎么抗议他们都漠视不理，于是我沉默下来，绝望地意识到我无法改变他们对我的看法。

推了我的那两个家伙跟透过窗户目睹了这一幕的其他孩子都是朋友，所以教室里的人尽管清清楚楚地看到了发生的一切，却没有人站出来为我说话并指证他们。

校长喜欢让人感觉他是个严格执行纪律的人，他清清楚楚地告诉我，这次违反纪律，他要用藤条揍我。

"但是我不会马上打你，因为我需要得到你家长的同意，"他说，"我希望你利用这点时间想想你做过的事情，也想想你将要受到的惩罚。"

"求您不要打电话给我母亲。"我恳求道，知道这又会给她一个理由，我回家之后她就会揍我，但是他很坚持，我猜想这是法律上的要求。

于是，我只好在校长办公室门外等着，等他准备好用藤条打我。当然，获得格洛丽亚的允许只不过是个形式而已。揍我这件事她彻头彻尾地赞成，不管是她自己亲自动手还是委托丹尼斯或其他人代表她动手，所以我知道从她那里是得不到什么救助的。当你知道疼痛将至时，等待疼痛来临比疼痛本身要可怕一百倍。

最后，是时候该进去了。我伸出手去，他对我毫无宽恕。对他来说，仅仅把藤条打在我伸出去的手掌上还不够。为了发挥最大的力量，他拉过一把椅子爬上去，随着他每次跳下，藤条一次次落在我手上。疼得难以置信，我无法掩饰。随着四次藤条落下，我每次都忍不住爆发出惨叫，然后他又爬上椅子准备接着打。当时，我因为日常饮食太差，严重营养不良，发展成了贫血，而我自己并不知道，这也就意味着我抵抗疼痛的能力比预想的要差。我的尖叫声穿透了走廊两边排列着直到校长办公室的所有教室。

我完全无力隐藏自己的泪水，因为虽然鞭打结束了，但疼痛还是一阵一阵地穿透我的手掌，当我慢慢走回教室的时候，感觉自己晕眩难受。推开门走进教室时，每一双眼睛都转过来盯着我。他们都知道那个女孩是怎么回事，因为他们透过窗户目睹了一切，而且他们都听到了我的尖叫。平生第一次，我认为自己在某些脸上看到了内疚，似乎他们开始成长，意识到自己对待我的方式是错误的。他们全都知道自己有能力站出来说话，让我免于挨打，但是没有一个人有勇气这样做。我猜想这并不令他们自豪。

我什么也没说，只是坐下来，试图赶上上课的内容。他们都在写东西，于是我也拿起笔，但是握不住，因为手火辣辣地剧痛，而且我也无法正常思考，因为我的思绪汹涌澎湃。

这次事件之后不久，我们搬到了另一所政府提供的房子，在几公里之外的诺伯里镇。我想，是因为我们在"马掌"的邻居们一直抱怨格洛丽亚总是制造麻烦，所以政府决定给我们一个崭新的开始。我们的居住标准并没有因此而改善，房子虽然是用砖而不是铁皮建造的，也并不比我们留在身后的残骸好。我现在确实有了一个自己的房间，但那是整个家里最小的一间屋子，我想象它原本是设计成储藏间的，而不是卧室。对我来说，它只是另一间没有装饰、没有灯光的小屋。有一扇小小的方形窗户，晚上月光可以照进来，夜里我可以借点月光在屋里走动。

我和韦恩转到了米彻姆的一所新学校，我对此很是期待，把这当作一个重新开始的机会，因为那里的人对我们的历史毫不知情。但是，好景不长，我们的新同学很快就意识到我们来自哪种家庭，我们再次被社交圈孤立。韦恩先去新学校，我去的时候他已经开始天天旷课了。我也发现了逃课的魅力，至少它把我们从嘲弄和鄙视的眼光中解放出来，于是我们俩一起逃课。格洛丽亚总是宣称是我带坏了韦恩，让他误入迷途，这样她又多了个理由在家揍我。但是她也知道是他先带的头，而且我后来转到另一所学校之后，他还继续旷课。

有时候，我和韦恩相处非常融洽，而有时候，我们又相互讨厌。我猜大多数兄弟都这样吧。他因为比我大，从政府衣物救济处得到的新衣服比我多，所以他在学校里不像我那么特征明显。所以他特别讨厌我在他身边，因为那样他就会跟我一样被打上"小瘪三"的标签。当他单独一个人在场的时候，他有时可以笼络一部分人。

为了把我们俩分开，几个月后我转学到了诺伯里镇的因格莱姆男子中学，希望我远离韦恩的影响之后会变好一些。这所学校好很多，就是在那里我认识了一位叫科林·史密斯的老师。他看我的眼光好像跟其他老师不一样。他是位严格奉行纪律的人，是一位旧派老师。他做什么事都完美无瑕，非常坚定，没有人会在他的课上捣乱，但他也非常公正，而且似乎觉得我某些方面值得他上心。

　　家里的殴打和嘲弄依然不断，学校里也没人关心我为何总是遍体淤青。现在我长大了些，或许他们认为这些伤痕只是正常男孩式的粗暴和摔倒的结果。但有一天我穿着体育课服装的时候，我注意到科林·史密斯盯着它们看。他问我怎么回事，我还是照常编了个理由，说我摔倒并撞到了什么东西上。他什么也没说，只是若有所思地点点头，我能看出来他并不相信我。我希望他不要再追究了。我害怕任何人去我家说什么，因为我知道他们一旦离开，我就会挨一顿更狠的揍。我也希望学校里的人都不要看到我们的生活方式。

　　因为我在东格林斯特德镇的鲍德温山小学打下的基础不错，所以我到了初中之后，即便成绩逐步下滑，还是能够留在第三高级班。但是现在，随着学业压力增大，我发现很难跟上了，因为我在家还是不能像其他孩子那样做作业，学校却越来越强调家庭作业的重要性。无处可坐，而且周围满是无休止的喊叫和打架声，我根本不可能集中精力做任何事。我也无法回卧室写作业，因为太阳一落山，卧室里就没有了光亮。过不了多久，我就一路滑坡到了最差的班。

　　我每天都收到政府发放的代金券，可以在学校买午餐，而其他孩子都是自带便当。虽然这让我与众不同，但我还是非常感激。要不是那顿免费的午餐，我的健康状况会比当前更加恶化。我们在家依然极少有早餐吃，而每天晚上只有薯条做晚餐。

有一天，科林·史密斯让我放学后留下来。我去了他的办公室，不知道自己这次又犯了什么错误。

"凯文，家里生活怎么样？"他问，他总是这样开门见山直奔主题。

"挺好的。"我撒谎道，不敢看他的眼睛。

"有任何问题你都可以来跟我说，知道吗？"他说。

"好的，老师。"我说，然后仓皇跑走了。

他能说这些话当然很好，但我觉得自己永远没有勇气真正告诉任何人我家里发生的事情。实际上，虽然现在我至少可以在周末离开房子几个小时出去工作，但情况还是日益恶化。

在那些凌晨的牛奶车搜寻中，我认识了一个叫约翰的送奶工。他是个年轻的小伙子，我觉得他很棒。他说他是个时髦的爵士乐手，不上班的时候他就穿戴上当时流行的帽子和钉鞋；不开送奶车的时候，就开着一辆方形的福特科蒂纳牌汽车。他就是我想成为的那种人。他告诉我，他的全名是"百分之一百的约翰，因为有那么多叫约翰的人在这片地方工作"。我在周五和周六的早晨跟他一起干活儿，因为那是他最忙的两天，他不仅得向顾客收钱，还要送牛奶。

我享受这份工作，尽管冬天的时候很苦，牛奶瓶冰冷的玻璃会粘住你的手，而你又不能戴手套，否则瓶子会滑落。我一直想找到老年人戴的那种露指手套。我喜欢自己有用而且劳动被公平回报的感觉。

约翰跟科林·史密斯一样，会时不时注意到我身上的淤青，偶尔也会问我怎么回事。我总是信口拈来一个理由，不过我能看出来他和老师一样并不相信我。送完牛奶之后，他总会带我去警察局对面的一家咖啡馆吃早餐，我会得到一大份油炸食物，如果快到午餐时间的话，我甚至会得到一份意大利肉酱面。店里的服务员认识我，每次都给我一大碗，多得我都吃不完。我猜他们都能看出来我需要营养。吃完之后，我撑得几乎不能动弹。真是好极了。

暑假的一天，我眼睛边上挂着一大块淤青出现在约翰的牛奶马车旁。约翰一言不发。当我再次抛出毫无说服力的解释时，他只是盯着我的淤青，默不作声。我们送完牛奶吃完东西之后，他让我跳上他的车。

"我送你回家，"他说，"我要跟你爸爸谈谈。"

回家的路上，我惶恐不安地静静坐着。约翰是个强壮的小伙子，我能看出来他气势汹汹一心想打架。他一旦离开，我就只能任他们摆布，我不敢想会发生什么。他没有说话，看上去憋了一肚子火。

"求你了，"最后我开口了，那时他已经拐进了我家的路上，"还是算了吧。"但他还是没有搭腔。

一条水泥小路从人行道延伸到布满碎石的露天前花园，有时感觉那条小路真是世界上最长的路。我看见约翰瞥向周遭的混乱又把目光收回来，他怕我尴尬。我们站在门前台阶上，他重重地敲门，我在他旁边发抖。我们能听见屋里的动静大了起来。

最后，丹尼斯开了门，我长舒一口气，幸好不是格洛丽亚。他们俩站在那里，盯着对方。谁都没有说话。我想，约翰觉得为我出面就已经表明了观点。他甚至没有点一下头或者微笑一下，就转身向他的车走去。我进了屋，丹尼斯在我身后关上门，说我以后不能再为约翰工作了。他想必完全明白约翰那意味深长的沉默所传达的信息。此后，我再也没有见过"百分之一百的约翰"。

除了在清晨做送牛奶男孩，我还会和韦恩一起试着在晚上、周末和假期多赚点钱。我们不介意投入多少个小时，因为那意味着我们可以不待在家里，还可以挣钱买食物。我们10月份的时候会玩"给盖伊的便士"①，12月份的时候去唱颂歌。我们唱得很烂。某年的圣诞节前夜，我们到一个繁忙的环状交通枢纽周围的一些房子，挨家挨户在门前或窗下唱颂歌。我很怀疑那些屋里是否有任何人能从嘈杂的汽车噪音中听到我们的歌声，但我们还是尽全力去唱。有一刻我精神高涨，正在对着一所房子唱诵时，我一脚踩在外面的墙上。墙轰然倒塌在我脚下，我们赶紧逃命。

好几分钟之后，我们还在大笑。然后我们路过了一个教堂，里面传来人们唱颂歌的声音。他们唱得恰到好处，不像我们。那是一种非常迷人的声音。我们俩以前从来没进过教堂，于是好奇心占了上风。我们鼓起全部勇气，蹑手蹑脚地走到门前。门上是一个巨大的铁把手，我小心翼翼地转动把手，推开门，从门缝往光线昏暗的室内张望。我们抬头惊异地盯着高高的屋顶，它耸起

---

① 1605年，天主教徒盖伊·福克斯（Guy Fawkes）及其同伙因不满国王詹姆士一世的新教徒政策，企图炸死国王并炸毁议会大厦。他们准备在11月5日行动，却被揭发并以叛国罪处死。此后英国人在每年的11月5日庆祝盖伊·福克斯之夜，成为传统节日。孩子们非常喜欢这个节日。他们会制作奇丑无比的"盖伊"（the Guy），即一个用旧衣服、木头和稻草做成的假人，唱起歌谣，举着它到村镇的街道上，向来往的行人索要"给盖伊的便士"，讨到零钱后买焰花爆竹。夜晚，人们点燃篝火，将盖伊像抛入火中，庆祝节日。——译注

在一小群会众上方。摇曳的烛光照着这场面，一股岁月和抛光剂的浓浓的霉味充斥着我的鼻孔。我们往里看的时候，歌声正好停止了，我放开门把手，巨大的哐当声在寂静的建筑里回荡。

牧师抬起头，看见了尴尬地愣在门口的我们，他热情地微笑，示意我们进去。我们照做了，好奇地想看看发生了什么。这个地方的气氛让我们舒服，我们坐在最后一排空长凳上，专心致志地听他们继续唱歌。我们坐在那里，在那个美丽的地方，我和韦恩交换了一下眼神，在那一刻我们都知道自己是爱对方的。不管我们在短暂的生命中经历了什么，也不管我们偶尔多么憎恨对方，我们知道自己爱对方。我们没有停留多久，而那一刻再也没有发生过，我们俩谁也没有提起过，但我从来不曾忘记。

圣诞节一如既往地来了又去了。其他孩子都希望它尽可能长一点，好跟朋友和家人在一起，送礼物、收礼物、享受大餐，而我和韦恩却只希望尽快结束，好接着出去找工作。在那样一个浸泡在仇恨和痛苦的家里，我们谁都无力营造节日的气氛。

桑顿希思商业街的一个报刊经销商说，如果我们愿意，可以为他送报纸，但必须每天五点之前到店里。第二天早上我们过去了，从家里一路远远地走到那里，绝对是五点之前，而他直到七点多才出现。他没有解释，也没有道歉。此举似乎十分鲁莽和轻率，但我们也不能抱怨，因为我们想要这份工作，而且知道如果我们不照他说的做，他轻而易举就能找到愿意听话的孩子。他一定看得出来我们多么迫切地需要钱，所以也给我们一些他自己家里的工作机会，比如打扫落叶、遛他的杜宾犬（或者应该说是让他的杜宾犬遛我们），或者其他需要做的事情。尽管我们不喜欢这个人，但还是很感激他给了我们那些赚钱的机会。

韦恩不知道从哪里弄到了两根二手钓鱼竿，因为是他的东西，带回家之后格洛丽亚没有小题大做。假如是我的，她肯定会抓起来就揍我，打到噼啪折断为止。有时候，报刊经销商不付给我们现金，而是给我们饮料和薯条，我们就带着去附近的池塘钓鱼。因为丹尼斯曾经在英国铁路工作，我们可以得到免费火车票，偶尔，我们会用免费票坐火车去布莱顿的海边钓鱼。那些出门在外的日子总是很美妙。我们从来没有钓到过什么，其实就算钓到了什么，我们也不知道该怎么办，但我觉得，至少在几个小时内我们就像在历险的汤姆·索亚和哈克·费恩。我热爱走出布莱顿火车站时的自由感，能闻到大海的气息，知道我们可以玩一整天了。虽然我们没钱去码头玩，也没钱去娱乐场或小吃店，但至少还可以享用海滩，看看浪花和其他的度假者。我们借这个机会放空自己的思绪，幻想一下假如哪天最终逃离了自己的父母，生活会是什么样子。我们感觉爬上山坡去往火车站的路那么漫长，因为知道又要踏上回家的路了。

　　我也会在周日的时候自己一个人出去洗车。从早上九点开始，我就在附近的街上游走，提着水桶、海绵和玻璃水，挨家挨户敲门，问他们是否需要洗车服务。我会工作一整天，使出每一分力气，给停在路边的汽车打泡沫、冲洗、摩擦，对身后几英寸外呼啸而过的车辆视而不见。我结识了不少老顾客，我优先为他们洗车，然后再寻找新买卖。虽然我自己没有意识到，但我的身体由于生活方式问题正开始急剧恶化，也就意味着一天结束后，我就彻底累垮了。但我享受工作，也享受金钱开始带给我的自由。

　　我敲了一幢房子的门，里面住着两个男人。那是一座维多利亚风格的半独立式住宅，位于一排相同的房子中间。我每周都会帮他们洗车，他们总是很愉快，在我工作的时候给我饼干和一杯牛奶。房子的门是黑色的，我会先去他们家洗车。一个周日的早晨，我洗完车后，一边等着收钱，一边跟其中一个男人聊天。他问我愿不愿意做点别的工作。

"可以啊。"我耸耸肩，非常愿意尝试任何能赚钱的工作，尽管当时我才十二岁。

当时是夏天，我注意到他穿着短裤，他领着我沿着房子旁边穿过后花园，走向一间小屋。我以为他想让我做园艺或者打扫那间小屋，我不在乎做什么，只要他肯给钱就行。

"你喜欢年轻男子吗？"我们一进小屋，他就小心地转身关上了门，然后问我。

他可能同样会问我喜欢不喜欢绿色火星人。我不明白他要干什么，但心里泛起了一种不安的感觉。这个场面好像有点不对劲，这种问题似乎不是他该问的。我觉得自己没有说话，不过也有可能出于礼貌而发出了某种不明朗的声音。不管我反应如何，反正他显然将之视为了一种鼓励。他在一个抽屉里翻找，最后取出了一本杂志，示意我看一看。我照做了，心里泛起的那种不安紧绷成了阵阵恐慌。页面上布满了有光泽的裸体男人照片，都摆出性感挑逗的姿势。我不知道眼睛该往哪里放。我感觉害怕、恶心，想跑开，但我必须留下来，因为他还没有付我钱。

"喜欢这个吗？"他指着其中的一张照片问我，我的胃里翻江倒海。

我沉默不语，喉咙卡住了，大脑一片空白。我发现他正握着我的手，我僵住了，不知道该做什么或者该说什么，努力想着怎样抽回我的手，同时又不能冒犯他以免丢了我的洗车钱。我感觉到他正把我的手往他的短裤那里放，我发现他的短裤是解开的，里面什么也没穿。我突然触电一样行动了，把我的手从他的手里抽了出来。既然我最终反抗了，他一定意识到自己犯了个错误，因为他后退了几步还给我道歉。我一把抓起他伸手递给我的钱，一溜烟跑了，穿过花园和房子，跑到了外面安全繁忙的马路上。马路对面有一个公园，我跑过去坐在一条长椅上，试图理清自己的思绪，平复砰砰的心跳。我感觉无比愤怒，因为这样一来我都不敢继续洗车了，而洗车是迄今为止第一件让我感觉完全自由而独立于别人的事。似乎我没有任何事情可做了，也没有任何可以不受别人各种干扰的地方可去了。在家我挨毒打遭戏弄，在学校受嘲笑，现在又有人玷污我的工作。尽管我离开了家，也离开了学校，自己在挣钱，可我还是不自由。

我坐在那里整理思绪的时候，决心不让这个人毁掉我这周最好的一天，于是，从震惊中恢复之后，我马上继续工作，用双倍于平时的力气擦车。愤怒点燃了我的体力，结果那天我赚了 13 英镑，比以前赚的都多。接下来的几周我继续洗车，不过从那次之后，我都是以光速经过那扇黑色的前门。那间小屋里发生过的事情，我从来没有告诉过任何人。到家之后，格洛丽亚拿走了我的钱，承诺说支票到了之后就还给我，可是，我再也没有见过那些钱。

第十二章　好事多磨

我知道科林·史密斯老师已经猜出我在家时发生在我身上的事情，我一走进学校，就能感觉到他的眼睛会落在我无法掩藏的任何新的淤青或伤痕上。他时不时问我怎么回事，不过当我明显不想谈这件事的时候，他总是会放下这个话题。我能看出来他不相信我的说辞，但我不知道怎么告诉他真相。

社工依旧拜访我们，但他们的拜访越来越没有规律，而且他们出现的那天格洛丽亚也总能把我的事情掩盖过去。现在我已经不会乖乖地挨她的打。我会保护自己，也会用尽全力踢她、跟她对打。这让事情变得更糟糕，因为这是火上浇油，但是我必须得做点什么，我不能只是躺在那里，任她想怎么打就怎么打。现在想来似乎难以置信：我居然不得不通过用体力抗衡自己的母亲来保护自己。但在当时，那似乎就是我正常生活的一部分。

一天早上，我上学迟到了，因为出门之前被家里发生的事情格外严重地惊吓到了，所以想必任何一个看见我的人都明显发觉我出了事。科林把我叫进他的办公室。

"你在家挨打了吗？"他直言不讳地问我。

"是的。"我回答，感觉再也不能骗他了。我已经忍无可忍，差不多准备好与折磨我的人来一次彻底的斗争了。

他肯定是把信息传递给了社工，但是，像往常一样，他们一连好几天都没去我家，我的淤青在那段时间里再次褪去了。

他们必定也有所怀疑，想抛开家里其他人的噪音和干扰跟我谈一谈，因为最后有一名男社工去学校找我，在那里盘问我。我想，或许这次他们会意识到把我送回家是个错误，或许我能回到亚伯勒去，但同时我也很谨慎。格洛丽亚的所作所为我不想说太多，万一他们没有立即把我带走，我就得单独面对她，她也会知道我背叛了她。

放学后，那个男人跟我一起回家，找格洛丽亚和丹尼斯谈话。想象着社工一走格洛丽亚会多么疯狂，我完全吓坏了。丹尼斯也在，一如既往地沉默而懦弱。男社工面对他们两个，告诉他们社会福利机构正在考虑把我带去紧急看护。让我惊骇的是，我看到丹尼斯快哭出来了，而格洛丽亚开始求我不要走，保证以后事情会好起来。我只想转身跟社工一起离开这个家，但是我能看出来他在摇摆不定，面对这样的情绪，他不确定该如何是好。

"好吧，凯文，"最后他说道，"告诉我们你的想法，你想留下跟家人在一起，还是想让我们把你送去福利院？"

我的心沉了下去。在哭泣的父亲和乞求的母亲面前，我怎么能说自己想被送去福利院？要是社工不立即带我走，他作为访客转身出去后，门关上的那一刻，格洛丽亚会对我施行何种报复？而在我的意识深处，一个声音念叨着或许事情真的会有好转，因为这对她也是个警告，或许她真的会努力。

我无法说出自己的真实感受，那样就完完全全背叛了我的父母，所以我只好含糊地说我想留在家里。我完全落入了圈套。那个社工把我放在了一个别无选择而只能认命的位置。现在不仅我的父母认为我把他们出卖给了当局，当局也认为我给他们添乱却又不想被帮助。我感觉自己彻底被孤立了。

第二天，我告诉了科林·史密斯所发生的事情，他可不是傻瓜，他能看出来那个人把我放到了一个进退维谷的位置。虽然当时我并不知情，但我认为，我肯定是被作为一个面临潜在危险的小孩，列在了某处的名单上，而他负责观察我在学校的一举一动，一有可疑情况就随时汇报。

警告并没有对格洛丽亚或丹尼斯产生任何影响，那个人前脚一走出家门，他们就马上忘记了自己刚才动情的乞求。他们给彼此的压力越来越大，架也打得越来越凶。一天，他们在楼上女孩们的卧室里打了起来。这次打架也和我之前目睹过的所有打架一样，他们毫无保留，相互猛打猛踢，满嘴污言秽语，大声辱骂对方。我们都在门外大喊让他们不要打了，女孩子们都哭了。看上去似乎某个人最终会被打死。

那一刻，我头脑中有什么东西啪的响了。我开始尖叫，声音那么大，以致于我都听不见自己的声音了。我似乎已经听不见任何发生在我周围或者我自己头脑中的声音。我感觉我好像走出了自己的躯体。我受够了这种生活，我只想让它停下来。虽然其他人也弄出了那么多噪音，但我这可怕的哀号令他们都安静了下来。两个成年人住了手，拳头停在半空中，惊愕地盯着我，而我站在那里，张大嘴巴，可怕的声音从嘴里咆哮而出，似乎刚刚有几千伏的电流穿透了我。想必几条街之外的人都听到了我的声音。

我记得接下来的事情就是我被打倒在地，格洛丽亚把我拖进了他们的房间。他们两个都不再搭理对方，显然已经忘了最初导致他俩打架的所有不满，开始用前所未有的力气打我。那是我挨过的最严重的打，而且持续不断，愤怒似乎给了他们超人类的力量，拳脚雨点似的落在我身上。其他的孩子都吓疯了，觉得要眼睁睁地看着自己的兄弟被活活打死了。

"别打了！"我听见他们尖叫，"别打了！"他们试图闯进房间来救我，有的人因为管闲事而无辜挨了拳头。两个成年人都沉浸在疯狂的暴力中。

最后，似乎过了一万年的时间，他们好像累坏了，我觉得打我的力道变弱了。丹尼斯率先放弃，下了楼，气喘吁吁，打不动了，而格洛丽亚继续用她残存的所有力气咬我。最后她也累得停了下来，大汗淋漓，筋疲力竭。暴风雨过后的死寂中，她必定意识到自己做过了头，这次她很可能无法掩藏对我造成的伤害了。我蜷缩在床上，动弹不得，她离开了房间。

过了一会儿，她又进来了。她的情绪尴尬地一百八十度大转变，用一只胳膊搂着我。那是我第一次知道她也会对我表现出一丁点感情，不管身体上还是精神上，那种感觉非常奇怪。或许她希望这样可以收买我，让我沉默得更久一点，因为她知道自己做得太过了，这次可能会被发现。猫王的音乐从厨房里飘上来。我任自己的胳膊垂在身体一侧，不想碰她。第二天，我听到她在左邻右舍面前吹嘘凯文怎么腻着她，依偎着她。她再也没有抱过我，当然我从来也没有抱过她。

第二天早上，我依然疼痛难忍，但我强迫自己从床上爬了起来，再也不想困在家里和她待在一起。我站起来都困难，浑身都是伤痕和淤青，脖子、肩膀和胳膊上有二十多处咬痕，是格洛丽亚使出浑身力气用牙龈咬的。假如她用牙咬的话，她撕咬的力量应该足以把我的喉咙撕开。我根本没有办法遮盖这些伤痕。它们看起来像吻痕,也就意味着学校里的其他男孩子立刻就注意到了。

"路易斯被吸血鬼亲了。"一个男孩喊起来,其他人也跟着喊,一遍又一遍地重复这个咒语。这是一所全是男孩子的学校,他们可不会放过一个布满吻痕的男孩。

强撑着从家里走到操场已经耗尽了我的体力,一到那里我的双腿就支撑不住了。我瘫倒在柏油碎石路面上,哭成了泪人。我觉得自己再也坚持不下去了。一位老师过来扶起我,发现只要一碰我,我就疼得呲牙咧嘴。我被带到了医务室,科林·史密斯过来看我。我能看出来他被眼前的景象震惊了,然后他出去打电话叫社工。可是,当他跟他们聊的时候,他们告诉他,我表达过留在家里的愿望,他们不想干预我的决定。我知道我想走,但他们得立即带我走才行。我不希望格洛丽亚知道我要走但还能靠近我,就算只有几天也不行。

科林肯定抗议了,坚持让社工再来看看我。可是,他又是两周之后才来到我家,那时我的伤痕已经再次消退了。之后,社会福利机构肯定又把这个情况报告给了科林,因为第二天他又把我叫到了办公室。

"我很抱歉,凯文。"他说道。我从他的脸上能看出来,他是真心的。"恐怕好事还是多磨。"

我能看出来,当他不得不告诉我这个消息的时候,他哽咽了。我觉得他不太敢相信他们居然容许我再次回到家中,而他显然发现自己无能为力。他已经尽力了,但什么都不会改变。对我来说,这个消息并没有像他感觉到的那么令人震惊。我本来就对社会福利机构没有任何期待,因为就是他们把我从亚伯勒送回到格洛丽亚身边,而且从那以后他们好像再也没有帮助过我。

尽管由于年幼我仍瘦弱，但毕竟正在长大。我逐渐学会了怎样更好地反抗她的拳头，努力把她踢走。有时候，我自己在卧室里，听见她上楼的沉重的声音，同时回头诅咒和大声辱骂丹尼斯，我就知道她又冲我来了。我会竭尽全力准备好反击，缩成一团保护自己。不过，那样做会增强她的愤怒，而她仍然比我强壮、狠毒，所以我受到的惩罚比不挣扎的时候要严重得多。因为我长大了，我也会一再努力地不让自己哭出来，而这似乎更让她坚定了决心绝不停手，直到能够让我落泪。

我感觉到彻底的孤独。在学校里，我还是被其他孩子排斥，甚至连我的兄弟姐妹都倾向于躲着我，以免因为和我有关联而被格洛丽亚揍。

我弟弟罗伯特现在有六七岁了，格洛丽亚对他的厌恶似乎跟对我一样强烈。她也以同样的方式刁难他，打他，嘲弄他。为了逃离这个家，罗伯特结交了一个住在附近的老男人，他在议会工作。这个男人经常带罗伯特去荡秋千，短暂地离开家和格洛丽亚的欺侮。有时候罗伯特还会在这个男人家过夜。有一次，罗伯特邀请我跟他一起去住。那所房子比我们家舒适多了，而且有足够多的卧室，我们可以每人一间，所以这个安排让我非常欢喜。这就像一次短暂的假期。

我已经睡下了，享受着干净的床上用品的气味和质感，这时我听到隔壁罗伯特的房间里有动静。我觉得应该过去看看他是否安好，就不打招呼直接进去了。他们两个紧挨着坐在床边，罗伯特的睡裤脱到了膝盖上。我感到一阵恐惧的寒意流遍全身，就像我上次洗车时在那个男人的小屋里一样的感觉。

"别动他。"我说，深感要保护自己的弟弟，恐怕家里没有任何人对我有过这种感觉。

那个男人猛地站了起来，我看出来他很担心。当时我并不知道如果我告发他的话，他会陷入多大的麻烦，但他肯定知道。直到我确定罗伯特安全地盖好被子躺下之后，我才回到自己房间。但那夜我睡得很不好，半睡半醒地听着外面楼梯平台上有没有可疑的动静。第二天早上，那个男人在送我们回家之前，带我们去了几家商店，给我们买了各种能想象到的好东西。

我反复思考自己目睹的场景，决定必须做点什么，希望能保护其他可能被引诱进入他家的孩子。我不相信格洛丽亚或丹尼斯会保护罗伯特不受这个男人的伤害，所以还得自己亲自来。当一位社工再次来走访我家的时候，大家还是跟往常一样争抢着说话，一片骚乱，但我最终抓住了他的注意力并告诉了他我看到的事情。他似乎在听，但什么反应也没有。我觉得他不相信我，或者即使相信，他们也会认为我的证据在法庭上根本站不住脚。几年之后，罗伯特的这位朋友因为侵犯某个男孩而被逮捕。假如他们当时只管相信我，本可以不让那个男孩受到创伤，而且这中间可能还有其他孩子。但是我想我们家事情确实太多了，他们根本没法件件都管。对他们来说，想必每次进入我家前门都像踏入了地狱之门。他们当然会表现得好像我们是什么外星人或者有点吓人的物种，而我猜想，从他们的角度来看，我们确实如此。似乎他们从来不相信我们说的任何事情，他们一副傲慢的神气，好像永远比我们懂得多。我想，他们在大多数事情上确实比我们懂得多，但我从来不觉得他们会帮助我，即使我直接要求，他们也不会帮我。

我偶尔会在街上跟其他孩子玩耍。有一个叫埃罗尔的男孩，我们有一段时间是好朋友，经常一起到马路对面的当地板球场玩耍。一天傍晚放学后，我们带着他妹妹一起去那里玩。在场馆附近玩的时候，我们看到两只狗在交配。我和埃罗尔很可能在吃吃窃笑，小男孩看到这种事都会这样，但他妹妹却过去抚摸它们。显然它们不想被打扰，一条狗向她扑去。她转身撒腿就跑，狗追着她脚后跟乱叫猛咬，吓得她脸都歪了。最后，它的牙齿咬到了她的裙子，把布都扯破了。我抓起一根棍子和一块石头，毫不犹豫地向狗追去。我根本没感到害怕。我只是去追狗，想保护小孩子。我先把石头向狗扔过去，没打中，但是给了它足够的震慑，它往相反的方向跑了。

在当时看来，这似乎并没有什么特别的，只是一种自然反应。我为此感到自豪。我知道总有一天我会变得足够勇敢，和格洛丽亚进行一次彻底的抗争。

第十三章　新的地平线

那段时间，科林·史密斯一定是更加担心我，而不是坐视不管。或许他害怕自己的干预会让事情变得更糟，害怕不该挑起会反弹到我身上的麻烦。虽然他私底下对我很好，却从来不在校园里对我表现出任何偏爱。我也非常恰当地表现得跟其他人一样。他一直那样完全公平，但是在课堂之外，他做了令我诧异、完全超乎我意料的事情，为我打开了一个全新的世界。我认为这很好地诠释了"好老师应该为学生做什么"。

一天放学后，他把我叫到办公室，说有件东西要给我，觉得我一定会喜欢。然后他给了我一个随身听，还有一盘经典流行音乐磁带，是他利用业余时间为我录的。首先，我不管收到什么礼物都会很感动。如果从来没有人给过你任何东西，那么当他们给你东西的时候，真的是"心意最重要"。我很疑惑他为什么会想到要给我一个随身听，但又很好奇想尝试新事物。虽然是个二手机子，可这已经是别人给过我的最慷慨的礼物了，而且他还不嫌麻烦，亲自录了他认为我会喜欢的音乐给我，这就是无价之宝。跟我获得的任何东西一样，我马上面临一个问题，就是怎样在格洛丽亚不发现、不抢走、不直接愤怒地摔碎的情况下把它带进家里。为了从她眼皮子底下偷运进去，我酝酿了一个计划，把东西放在裤子里，隆起的地方用上衣小心地掩盖好，直到走上楼梯，走进我肮脏的小卧室。我进家门的时候，心砰砰直跳，但我试图表现得自然，小心地穿过地上的狼藉，那堆狼藉一直恭候着踏进家门的每一个人。我没说一句话，甚至没往她的方向看一眼。可能出现的最坏的情况莫过于我引起她的注意并惹恼她，因为如果她开始打我的话，就会发现我的随身听，或者无意中一拳把它打烂。我从眼角瞥见她看了我一眼，好像一只恶毒的看门老狗，在路人经过的时候懒得抬头。我继续走到了楼梯，那里跟玄关一样被垃圾覆盖。我开始上楼，努力让自己不要走得太快，不要显得可疑，不管怎样都不要吸引她的注意。安全到达卧室后，我终于松了一口气，并把我的奖品从汗淋淋的隐藏处取出来。

几乎我拥有过的每一件物品都被抢走或者毁掉了，所以我总是小心谨慎地防范保护着我夹带回家的任何东西。我养成了一个习惯，把自己设法获得的几件物品藏在床垫里。我知道那里是安全的，因为格洛丽亚从来不换床单，所以我把床垫撕开一个口子，立刻把我的财产都塞了进去，包括随身听。那肮脏的破床单成了它的家，甚至在播放的时候我都让它藏在里面，这样如果有人意外闯进来的话，只需要把耳机藏好就行。从那时起，我每周都把一大半赚到的钱留出来买电池，这样我就不会没电池用。

我以前从来没有停下来真正听一听音乐，科林·史密斯的磁带是一个天赐的礼物。夜里，我躺在床上，戴着耳机，沉浸在经典音乐里，让思绪远离周围的现实，肆意游荡。音乐那么平静，感觉就像管弦乐队在我的赴美之路上为我演奏小夜曲。我最先听到的一首歌叫作《我将远离家乡》。一开始它把我吓到了，但是随着一遍遍地播放，我越来越喜欢，很快它就成了我最爱的曲子。

那么宁静而意味深长，似乎那伶人就是在唱给我听，每夜催我入眠。

我永远不能告诉任何人我对经典音乐日益钟情，因为他们会觉得我在这个年龄听经典音乐很怪异。不过，就算不让大家知道我在音乐方面的"书呆子"式品味，我的"另类"的名声也足够大了。所以，有很长一段时间，我都把这首曲子当作夜间催眠曲，听着音乐的时候，我满脑子都是逃往美国的画面。虽然曲子数量不多，却改变着我的生活。感觉好像在那一刻之前，我都是被困在一个没有门的橱柜里，而现在突然有一扇门打开了。同时又令人沮丧，因为虽然门打开了，向我展示了另一个世界的风景，我却依然坐在橱柜里，走不出去。每天醒来一次，我对音乐的爱就增加一分。随着胆子越来越大，我会把随身听偷偷带出门去，坐在公园里，在新鲜空气和绿色植物的环绕中听音乐。我进入了一个新世界，它属于我，而且只属于我。我第一次发现有东西可以让我的内心平静。我终于理解了为什么我父亲要花那么多时间在厨房听猫王，也理解了音乐如何在所有的喊叫和丑陋背后抚慰了他的灵魂，如何给予他疲惫的内心一个逃离丑陋的机会。

最好的事情就是我去拜访吉妮和盖伊，因为我可以在吉妮来接我的时候，把随身听藏在裤子里偷带出去。格洛丽亚从来不会在她面前打我或者盘问我。之后盖伊会把他的磁带借给我听一整天，直到回家的时候，而随身听也要回到它的藏身之处。我从来没把自己的磁带拿出来过，怕盖伊嘲笑我喜欢那么奇怪的东西。大多数同龄人喜欢听的那种流行音乐，我也特别愿意听。周日晚上，吉妮等着我和盖伊听完收音机一频道的前四十名排行榜，等着我们录完整个榜单以便下次我来的时候可以接着听，然后她才送我回家。随着节目里排行榜名次逐渐上移，我的心会有一种下沉的感觉，因为我知道，回家的时刻越来越近了。录到第一名的时候，本该是节目的最高潮，而实际上，那一刻我却明白自己外出的一天结束了，该上车并踏上去往诺伯里镇的悲伤的回家之旅了。

我后来又获得了一两件别的东西，都是极度秘密地进行的。有件东西我一直想要，却知道永远得不到，那就是一套火车模型。一天傍晚，我路过一个教区大厅，那时我刚刚做完一两份工作，口袋里有一点钱。我看到一个广告牌上写着杂物拍卖，便冲了进去。大厅里摆满了支架桌，上面都是旧衣服和七零八碎的东西，周围还有大件物品，如破旧的熨衣板和旧式的电热炉。我挤进人群，翻着一堆堆垃圾，希望找到用我收入中仅剩的那点钱能买得起的东西。我发现了一组火车模型的几个部件，用一条皮筋绑在一起，而我刚好买得起。我把它买了下来，因为终于拥有了自己的火车模型而欣喜若狂。我再次面临如何在不被发现的情况下把它带进屋的问题，因为它太大了，装不进我的内裤，就算能装进去也会严重伤到我。

于是我决定不能冒这么大的风险，要等待时机。如果我带着它的时候被抓住，那么我不仅会失去这套模型，而且还会挨打，因为竟敢妄想拥有别人没有的东西。我从拍卖大厅往家走的时候，把战利品藏在上衣里面紧紧抓着，脑子飞速旋转。到家的时候，我蹑手蹑脚地从旁边绕进了花园，小心翼翼地确保没人从窗户里面看到我。我找了一个足够尖锐的东西，挖了一个坑，把我的宝贝埋了。然后我等了好几天才把它挖出来，那天格洛丽亚出去兑现支票去了，我知道她要在外面至少一个小时。我抹去上面的泥土，迅速回到卧室，把它放进床垫里，小心翼翼地用填充物裹好，确保即使——太阳从西边出来——格洛丽亚决定要收拾床铺的话，它也不会发出动静出卖我。然后我草草地把口子缝好。我有一根针和一段棉线，每次往床垫里面放了东西，我就用针线把床垫上的开口缝上。然后，每当我确定格洛丽亚已安然入睡或正在聚精会神做别的事情时，我就打开针脚，拿出火车，组装好那几块轨道，让火车在上面跑来跑去，沉浸在自己想象的世界里，玩几分钟，马上再次藏回去。我每天活得战战兢兢，怕她趁我上学或出去工作的时候发现针线的用途。我知道一旦被发现，她就会毫不犹豫地用针扎我，这样的惩罚才能与我的罪行相匹配。

一天夜里，我一边玩火车一边听音乐，那天太累了，就犯了懒，没有把它们都缝进床垫里。格洛丽亚已经很久没有靠近我的房间，这麻痹了我，让我产生了虚假的安全感。于是，我只是把所有东西都推到了床底下看不到的地方，企图蒙混一天。不幸的是，她恰好选择那天进入了我的小屋，趁我在学校上学的时候，她发现了一切。或许她怀疑我怎么花那么长时间自己待着，又或许她想找点钱花，以为我可能背着她藏了一部分收入。我回到家的时候，发现了所发生的事情，我吓坏了，确定无疑要遭受一顿毒打。但是她并没有像我以为的那样立即爆发，她只是把我所有值钱的东西都给了韦恩，除了那盘磁带，她扔掉了。她问我音乐哪儿来的，我说是科林·史密斯给我的。

想必她对整个状况耿耿于怀，因为那天晚上她决定我终究确实欠揍，还居然受到了老师的偏爱。她给自己的狂暴脾气上紧了发条，坚信我需要接受一次永生难忘的教训。那天很晚了，她跑到我屋里，当时我已经穿着肮脏的睡衣躺在床上，正在想念我的音乐。她不是一个人来的，丹尼斯也被拉出了厨房，加入了阵营。他开始带着酗酒后的怒气打我，因为她不停地煽风点火。或许他自己也嫉妒我，因为有别的成年人向我表示友好，而从来没有人对他这样。又或许他觉得有罪恶感，因为他没有能力给我任何我需要或想要的东西。又或许他什么感觉也没有，只是因为喝着酒被打扰了而生气。总之不管是什么原因驱使着他，他只是不停地打我。我很怕事情再次失控，于是我设法挣脱了他们，噔噔噔跑下楼去。身后的楼梯顶端一阵混乱，因为他们俩想立刻追上我，而在那短短的几秒钟内，我设法打开前门跑到了大街上，身上还穿着睡衣。到了街上，我就不知道该何去何从了。我不想在黑暗中到对面的公园里游荡，也没有什么朋友家可以去。学校早已关门，我也不知道科林·史密斯或者其他任何一位老师住在哪里。我唯一能想到的可以寻求帮助的地方，就是公园另一边的当地警察局。

我走进警察局的时候，一定是一副悲惨的小孩形象，光着脚，上气不接下气，告诉他们发生在我身上的事情。有三名警官值班，一女两男，他们都高高耸立在我面前，从鼻子上面往下看着我，告诉我他们帮不上忙，因为这都是在我自己家里发生的私事。我疲惫、寒冷、被拒绝，从警察局再次走进黑夜，沿着马路慢慢走，又独自一人走回家去。我没有别的地方可以去。他们甚至没有护送我穿过黑暗的公园回家。所幸，我进门的时候，格洛丽亚和丹尼斯的怒气已经在我不在的时候消了，我得以爬回床上，没有引起他们的注意，也没有重新点燃战火。

我再次去吉妮家的时候，她问我随身听怎么了，因为她知道它对我来说多么重要，不相信我只是忘了带。我告诉她，格洛丽亚把它夺走了。那天下午，吉妮带我去了东格林斯特德镇，给我买了一个新的。科林·史密斯给我制作的磁带已经没有了，但至少我还有盖伊和我一起录的那些流行音乐榜单上的音乐。吉妮为我做了这样一件事，我非常感动，也很紧张格洛丽亚会把这个也夺走。那天晚上吉妮送我回家的时候，她明确告诉格洛丽亚是她给我买的。格洛丽亚一直试图和吉妮做朋友，我明白如果她知道是吉妮买的，就不会把它夺走了。

格洛丽亚一直在寻找可以倾诉衷肠的朋友，但是她越努力表现得友好，人们就越躲避她那强烈巨大的痛苦。不管是社工还是吉妮这种想帮助我的人，都实在受不了她。偶尔，她会把我的新随身听放在我够不到的高处，戏弄我，单纯就是为了挑起一场争吵。但是她不敢永久地把它夺走，因为那样的话，她就得向吉妮解释为什么要这么做。

殴打依旧愈演愈烈，我耳朵里时常充斥着吼叫声。一方面是因为我长大了试图保护自己,驱使格洛丽亚愈加狂怒地施行暴力，另一方面也因为我们都长大了，生活的压力对她来说越来越重，而丹尼斯愈发酗酒成性。她就像一头凶残的动物，只能关在动物园的笼子里，因为无法相信她可以与其他动物和平共处，担心她会袭击它们。她也逐渐不再在乎让我身上哪里挂彩，因为我左闪右跳又反抗的时候，她无法那么准确地控制自己的力道。我脸上和身上的淤青和伤痕在学校已经不可能被忽视，在科林·史密斯的再次鼓动下，社工再也不能拖延着不带我走。这次他们到学校来见我并问我是否愿意离开家，我说我愿意。一个社工陪我回家收拾我少得可怜的物品，同时通知格洛丽亚和丹尼斯所发生的事情。

当社工带我沿着小路走向汽车的时候，我的母亲只问了一个问题："这是不是意味着他们要停掉他的儿童津贴？"

　　这就是对我的全部总结。我猜想，这也是他们当初把我要回来的唯一原因吧。

第十四章 玛格丽特和艾伦

我总是情不自禁地说"对不起"，几乎每说一句话，这三个字就蹦到我唇边。我太习惯犯错误，太习惯被惩罚了。虽然道歉从来没让惩罚停止过，但它却变成了一种神经痉挛。即使没有做错任何事，我也情不自禁地道歉。那是一种自我保护的尝试，一开始就承认自己错了，这样别人就不必打我直到我说出这三个字。

当社会福利机构再次带我走的时候，我曾经希望他们会把我送回亚伯勒，那样我就可以从我中断的地方开始继续生活。但是没有人提这件事，而我自己永远也不会非分到自己提出这个话题。我感觉自己没有权利主宰自己的命运，他们让我做什么我就做什么，他们把我放在哪里我就去哪里，并尽量往好处想。他们当即开始讨论让其他家庭来抚养我。我很失望。我并不是特别喜欢之前的收养经历，在他们安排的那些家庭里，我总感觉自己是个外人，我明白自己住在他们家是因为他们收了钱，所以才照看我。但我没有争辩，在哪儿都比在家里强。我现在已经确定地知道，我的父母让我留在家里只是为了多拿点钱，所以有什么区别呢？当福利机构把我从家里带走并不必再避开我母亲和其他家庭成员之后，他们终于有时间检查我的身体状况了，诊断结果是我得了贫血。他们认为这是我在过去的四年中一直饮食恶劣所导致的，而他们八成是对的。如果你长期给人吃得极差，他们最终就会体弱多病。大家一致同意我需要加强营养，身体上和心理上都需要。当时是 1984 年，我十三岁。我这么大的孩子很可能不那么容易安置了，必须是某些非常特殊的人，才有能力把握一个像我当时那样受到严重伤害的十几岁的孩子。

他们告诉我，在几公里外的科尔斯登为我找到了一个临时家庭。看来又要重新开始四处奔波居无定所了。他们说，那对夫妇的名字叫玛格丽特和艾伦，当天晚上就带我去见他们。他们开车带我过去，房子是一所维护很好的城郊半独立住宅，墙上是凸窗和红色的瓷砖。道路很可爱，两边绿树成行，有点像我所知道的亚伯勒附近的道路。那显然是个很好的社区。社工敲了门，他们开门的一刹那，我就能看出玛格丽特和艾伦跟格洛丽亚和丹尼斯正好截然相反。首先从外表看，体型就完全不同。在体型上，丹尼斯还没有格洛丽亚高，而艾伦是个高高瘦瘦的男人。格洛丽亚相貌严厉冷酷又咄咄逼人，而玛格丽特很温柔，胖胖的、充满母性。玛格丽特看上去比她丈夫年轻一点，但我还是认为，她不管怎么打我，都不会像格洛丽亚打得那么狠。我被介绍给他们，叫他们"艾伦叔叔"和"玛格丽特阿姨"。

房子里面保养得跟外面一样好，闻起来很干净，每样东西似乎都擦得很亮而且摆在合适的位置。这个家才真的是有家的样子，虽然多年下来有些旧了，但用得很珍惜、很在意。那是第一次拜访，社工和他们说着话，玛格丽特给我做了一个烤土豆，上面有烤豆子和奶酪。对他们来说，这只是一顿再简单不过的家常便饭，但我之前从未品尝过这种质感和味道的结合，对我来说，这是我吃过的最美味的东西。如果你连续四年以薯条为生，那么连一个烤土豆都像是一顿盛宴。我饿极了，玛格丽特端上来的时候，它闻起来那么香，以致于我迫不及待地把它塞进了嘴巴，结果上颚烫出了泡。我赶紧吞了几口冷水，极力不要丢丑。

我很快就发现，艾伦是个极其聪明的人。他曾在当地经营自己的生意，而且非常成功，当他退休并变卖完财产之后，还拥有五个商店和一份分销生意。他还活跃在商界，为一些贸易方面的朋友做簿记。玛格丽特把家里经营得很漂亮，做饭全包，也帮助丈夫打理生意。他们一辈子都努力工作，也很喜欢小孩。自己的孩子们长大后，他们觉得生活中有个缺口，所以决定从事紧急收养。大家一致同意我搬到他们家住几个月，在这段时间里社会福利机构会再想出安置我的办法。

搬到这么好的一个家里让我非常紧张。尽管我已经十四岁了，但那个阶段我还会尿床、做恶梦，半夜会吓醒、尖叫，而屋里其他人都在睡觉。我觉得在这样友好、平静、有自控力的人面前丢丑，会非常尴尬。不过我还是特别高兴，终于可以离开格洛丽亚和丹尼斯了，相比之下这些都是小忧小虑而已，我也开始相信或许自己可以重新开始。如果我和正常人一起住在正常的家里，我就能像其他人那样穿衣、洗澡，跟他们吃一样的食物，增强体质。我的外表和气味都再也不必显得异类。饮食习惯的合理转变对我的身体影响很大，身体反应是长了严重的口腔溃疡，但很快就好了。我想，我终于能够把自己的"小瘪三"形象丢在身后了。

我非常热切地取悦他们，艾伦和玛格丽特很努力地劝我不必一直说"对不起"。我做每件事都先征得许可，弄明白自己该做什么，唯恐做错事惹他们不高兴而把我送回家。我丧失了所有的自信，我觉得自己一定跟我母亲总说的那样一无是处。

我继续在同一所学校读书。玛格丽特说要带我出去给我买件类似制服的新衣服，让我的外表漂亮起来。因为他们夫妻上了年纪，子女都成年了，所以他们有点跟不上年轻人的思维和行为方式。那本来也没有关系，我只需要善意、养育和指导，他们俩在这些方面的帮助都做得极好，然而，我也需要他们帮助我不要看起来显得异类。我们出去的时候，玛格丽特在一家二手商店相中了一条裤子，才10便士，而且颜色很适合上学穿。唯一的问题在于，这是条喇叭裤，而当时每个男孩子都穿窄腿裤。这一点看起来好像无关紧要，但任何一个能记得自己学生时代的人，都会记得这些小细节对一个小孩的名誉有多么险恶的影响。只要我穿着那条明显不时髦的裤子，我就照样还跟其他人不同；只要我跟他们不同，我就还是个圈外人。这条裤子特别肥大，但我根本不好意思对玛格丽特说什么，首先她给我买新裤子就已经很够意思了，而我也害怕做错事情有可能导致自己被他们送走。我一声不吭地接受了这条丑不忍睹的裤子，但内心里我只想枯萎死掉算了。

由于我在家里需要担心的事情少了，这条喇叭裤开始占据我过多的思想。从科尔斯登到诺伯里距离很远，坐大巴去学校的路上，我弯腰驼背，希望别人不要看见我那包裹在摆动着的大褶皱里面的双腿。不管在课堂上还是在学校的其他地方，我都试图把这条裤子藏起来，但我这是掩耳盗铃——每个人都知道我穿着它。

学校里的其他孩子听说我被送去紧急收养了，于是我的绰号从"小瘪三"变成了"福斯特"①或者"福斯特拉戈"②，或者

①原文为 Fosters，"被收养的人"的音译。——译注
②原文为 Fosters Lager，澳大利亚生产的一种著名啤酒。——译注

有时候他们也会叫我"喇叭裤"。这样一来，我可能摆脱了暴力和淤青，却依然没有摆脱被视为异类和受排挤。大家还是不想跟我有关联，担心会被沾染上和我同样的色彩。

在第二个学期末的时候，玛格丽特安排我转学到了普尔雷男子中学，是科尔斯登的一座更地方性的学校。学校不错，而且更重要的是，这是我摆脱过去、从零开始重新做人的大好机会。整个暑假，我一想到要穿着这条可怕的裤子去面对一群新的孩子，心里就不是滋味。对我来说，新学校似乎是一个摆脱过去的真正机会，但我知道，这条喇叭裤会毁掉我被大家接受的机会。我穿着它走进校门的刹那，就会被刻上"圈外人"的印记。

就在要开学进入新学期之前，玛格丽特带我出去给我买了一件颜色鲜艳的运动上衣，同时也买了一条新裤子，是一条正常的裤子。我心中一块沉重的石头终于落了地。我一下子从头到脚彻底正常了。我跟其他新同学一样开始了校园生活，而且马上就被大家接受了。不过，玛格丽特还是希望我把新裤子和那条喇叭裤轮换着穿，这样的话两条都更耐穿。我开始偷偷地在喇叭裤上制造破洞，希望她会扔掉它，但她是位好主妇，我刚弄破，她就马上缝好了。每个周末我都特别害怕上学要穿喇叭裤，所以当她把我的制服拿出来的时候，我会偷偷替换掉。我下定了决心，从现在开始做一个正常的孩子。我把新裤子当作世界上最宝贵的东西对待，如果有哪怕一点点痕迹或者褶皱，我就会脱下来洗干净。如果可以，我都不会穿着它跑动或者屈膝。我必须确保它安然无恙。有一次，玛格丽特坚持让我穿着喇叭裤出去，我就把另一条偷偷放在一个袋子里带了出去。我一走出房子的视线范围，就冲进高尔夫球场的灌木丛，把裤子换了。

艾伦和玛格丽特的隔壁住着另一户人家，他们有个女儿叫夏琳，我和她关系非常好。她在女子学校上学，父母叫盖瑞和戴安娜，他们跟我一样，对艾伦怀有同样的敬意，我那时跟他们关系也特别好。他们不让我再出去工作了，但是玛格丽特和戴安娜会在家里和花园里找点活儿给我干，这样我还可以给自己赚点钱。我把钱都攒了起来，希望最后能攒够钱给自己再买一条备用裤子。钱对我来说有了新的意义。我不再需要它来买食物，因为桌子上总有好吃的，而且他们还开始给我玩具，所以我跟那里的同龄男孩一样了。但我还是想赚钱买衣服，以及十几岁男孩所需要的其他东西。

"你赚到的所有这些钱打算怎么花？"玛格丽特有一天问我。

"我要买一条在学校里穿的裤子。"我说。

她显然很震惊。"为什么？"她问。

我鼓起勇气，对她讲了关于喇叭裤的真相。我能看出来她迷惑不解，因为艾伦就穿那样的裤子，而且从来没有任何问题。我向她诉说自己整个夏天穿着喇叭裤的感受，眼睛里充满了泪花，她一言不发地听着，沉默得可怕。那个周末，我们一起出去买了一条20镑的裤子，每人出一半钱。她替我扔掉了那条喇叭裤，我瞬间可以像其他人一样自由地穿裤子了，不再整日担心弄破，因为现在清洗或修补期间，我有备用裤子可以穿。我觉得自己终于成了一个正常的男孩。

因为在反喇叭裤运动中付出了这么多努力，我终于再也不必穿喇叭裤去新学校了，结果呢，我再也没有遇到任何麻烦。那就像一个奇迹。我放松下来之后，就开始了各种体育运动，比如水球、曲棍球和橄榄球，还交了朋友，跟其他人没有区别。小麻烦总是会有，比如有人可能试图捉弄或欺负我。不过这种事情在任何学校都会发生。我确保自己永远不上钩，永远不对任何嘲弄作出回应。我记得要"数到十"，就像我几年前被建议的那样。我最不希望发生的事情，就是因为任何麻烦而受到责备，以免自己被学校开除并遣送回旧日的生活。我在学校里算不上是最受欢迎的孩子之一，但也不是讨厌鬼之一，我只是舒舒服服地处于中间某个地方。

我现在可以放松下来了，也习惯了新生活。我依然爱看电视，我最喜欢的时光就是周六清晨，大家都还没起床，我会下楼，坐在电视机前看《夺宝奇兵》。我坐在那里，完全沉浸在印第安纳·琼斯拯救约柜①的征途里。对我来说，这是一场纯粹的大冒险，令我欣喜若狂——我的思绪完全游离，只想着我和印第安纳一起拯救世界。我想必在家看了有一百多遍。

玛格丽特和艾伦的家就是所谓的"紧急"收养家庭，在为孩子们找到其他的全日制地方之前，他们就住在这里。他们的小女儿也跟他们住在一起。她大概二十岁，还有两个残疾的孩子似乎长久待在这里。所以，这个家拥挤而热闹。他们还有两个大点的孩子，都结婚了，搬到了澳大利亚，其中一个是女儿。

艾伦觉得他们的儿子有点神秘。小艾伦想成为一名演员，在某些澳大利亚肥皂剧中偶尔露露脸，扮演一些小角色。虽然艾伦很为儿子骄傲，但他更希望儿子跟他做生意。当我跟他在一起的时候，我感觉到我们之间有一种真正的父子关系，聊着我们共同

---

① 《圣经》中放置了上帝与以色列人所立的契约的柜子，是古代以色列民族的圣物。——译注

感兴趣的话题。我怀疑他其实很希望跟小艾伦也能这样聊天。

花园里有一棵很大的苹果树，秋天的时候我们一起摘苹果，我爬到树上，在枝杈中间把苹果递给树下的他。他教我永远不要让水果撞在一起，否则会碰坏然后烂掉，所以我们只能轻轻地把苹果从一只手递到另一只手上。我想，就是我给他递苹果的这个动作——那时我刚到他家不久——把我们俩结合在了一起。这使我们成为一个团队。

我有了自己的卧室，虽然我白天开心了很多，但一旦睡着，噩梦还是会从潜意识中冒出来作祟。玛格丽特听到我的尖叫声后会过来，结果发现我蜷缩成一团，自我防卫，因为我以为她会拳如雨下。而她总会坐在我的床沿上哄我。我第一次听到他们两个争论的时候非常害怕，匆匆冲回自己房间想藏起来，但后来我意识到这种争论不同于我之前所经历的任何争论，我意识到他们永远不会相互动手，他们仅仅是拌嘴。随后他们就会拥吻和解，然后生活像往常一样继续。我开始不再那么害怕对峙了。

时间一个月一个月地过去，我对艾伦越来越钦佩。他是那么聪明的一个人。他的身高和白发让他看上去安全可靠。在我到来之前，他犯过两次心脏病，所以不得不静养。他在工作的那些年里，每天早上四点就起床，整天工作，为家人营造了一份安定的生活。现在他的空闲多了很多，不过也还没有完全退休。

花园是 T 型的，挨着房子的一角是他的一间小木屋，他会坐在里面，利用一台旧式加法机为他的朋友们做簿记。有时，我会一连几个小时坐在他办公室的角落里看着他。不管我问什么问题，他总有答案，而且答案总是很合理。我还是总喜欢道歉，不过渐渐地对自己越来越放心了。做生意的理念让我着迷，因为我工作过，我理解赚钱有多么不易，所以我想知道他是怎样做的，是怎样做起一份生意并做得足够好，足以养活一家人而且过着像艾伦一样殷实的生活。我对他所做的一切事情都充满了好奇。他教我做加法的新方法，也给我讲解金钱如何运作。他还热衷于桥牌和扑克，经营着一家桥牌俱乐部。学校放假的时候，我整天帮助玩家们摆放东西、准备茶点并提供服务。我的努力总会得到报偿，但我其实本来就高兴做这些事，只为能靠近他、成为家庭的一部分。

我有时候待在他们家，有时候去隔壁人家。玛格丽特和戴安娜都是很棒的厨子。实际上，玛格丽特还为当地的妇女协会做饭，每到用餐时间总有足够多的食物。戴安娜做的泡芙是我吃过的最好吃的泡芙，当她发现我爱吃之后，就一直给我做，蘸着巧克力酱吃。这么多人对我这么好，让我很难相信自己等了这么久才找到这样一种正常的生活。有天晚上，我们邀请科林·史密斯到家里来吃晚饭，感谢他所做的一切。对我来说，这真是锦上添花的好事。

我在这个家里是那么高兴，所以非常害怕被告知又该搬去别的地方并再次重新开始。当他们问我是否愿意留下来跟他们住在一起直到毕业时，这个机会让我高兴得跳起来。我不相信还有什么比这里更好的地方可以去。

时不时地我会回到自己的原生家庭去探亲，就像从亚伯勒回去探亲一样，但是我不再感觉自己是其中的一部分。我像陌生人一样看他们，而且罗伯特和朱莉都不在那里了。后来我听说格洛丽亚和丹尼斯也分开了。我想，暴力必定让他们两个都无法忍受，于是他干脆走开了。他得到了住房互助协会在某个地方的一间公寓，独自居住。我知道他有多么内向，所以可以想象他必定十分孤独，但是我觉得，即使那样也比一直跟格洛丽亚待在家里强。至少，他现在可以安静地喝酒、听猫王。对他们两个，我没有一点同情。在我看来，任何发生在他们身上的痛苦都是他们活该应得的。

一个夏天，学校安排我们去诺福克湖区旅行，乘坐小木船进行帆船度假。每条船上有四到五个男孩子，其中一个是船长，一个是有经验的水手。这次旅行我们需要一系列装备，所以连我都带上了一些新的物品。我满心欢喜。我们乘坐十几条小船出发，穿越平静的湖区，畅饮新鲜的空气，看鸟儿从四周的芦苇丛中飞出来并冲上天空，感觉自己是个十足的大人了。这是最美妙、最自由的经历，因为我们现在都试图假装自己是成年人。

当我们都在水上的时候，有一个孩子从船上落了下去，身上的衣服还都穿着，他消失在了船底。船上一阵恐惧，我们都盯着水里，想找到他在哪里，但他没有再出现。然后，似乎过了一个世纪，他在船尾的位置浮出了水面。我知道他不擅长游泳，而我当时在学校经常游泳。我甚至想都没想就跳进水里抓住了他，抱着他游了回来，把他推上了船。他比我个头大，而且衣服全湿了，很重，就像几年前克里斯掉进冰窟窿里时一样沉重，所以其他人一块儿帮我把他拎上了船。没有人把这件事当成大事，但是我为自己感到高兴。我开始觉得自己必要时可以很好地把控自己，我觉得自己也赢得了其他人的一些尊重，增进了船上的兄弟情谊。我帮助的那个男孩带了糖果，他也分给我吃。我们在一起感觉很好，虽然谁也没有说什么。那是一生难忘的旅程。

我依然跟吉妮和盖伊保持着联系，有个周末盖伊带我去了他爸爸家,那是东格林斯特德镇附近的一座美丽的旧农舍。农舍散发着木头的味道,到处是橡木横梁、凹陷和裂缝。他的新妻子是一位大厨,每个人都有数不清的食物。这种房子和这种生活,我之前从来没有体验过。我四下漫步、细品饮料,我的抱负又向前跳跃了一大步。我感觉自己正在进入一个成人的世界。盖伊的父亲是 BBC 的记者,那天晚上有一大群记者在他们家举行某种派对,他们都在讨论着马岛①战争等当下普遍的话题。他们聊到船舶、直升飞机和战斗的时候,让人联想到一个广阔而令人兴奋的世界,离我之前经历过的任何事情都那么远。正是他们这些人创造了我长久以来在电视屏幕上看到的那个世界。他们看上去极其自信,与自己、与世界都相处惬意。盖伊的父亲和他的妻子有两个小孩,所以房子里有家的氛围。外面有很多干草垛可以玩,还有一台坐骑式剪草机,他们允许我开着它在槌球草坪上玩。如果我有孩子,这就是我想抚养他们的地方,这里宽敞、安静、舒适。这里让我感觉自由、平和,气味芳香。

埋在我心底的志向的小种子,在艾伦温柔的养育下发了芽,在那个周末开始开花。这就是我想要的那种生活,而且我现在发现那是可能的,像我和盖伊这样的正常人其实都可以最终过上那样的生活。不过,我必须要想出怎样从我现在的位置到达那里。

---

① 1982 年 4 月到 6 月间,英国和阿根廷为争夺马尔维纳斯群岛(英国称"福克兰群岛")的主权而爆发的战争,简称"马岛战争"或"福岛战争"。——译注

第十五章　进入商海

我的整个童年生涯中，最迫切的问题是怎样一天内不挨打、怎样填饱肚子。现在我终于逃离了格洛丽亚，已经习惯了有规律的丰盛饮食，我很想继续好好生活，朝着实现梦想的目标开始工作，随着我越来越了解这个世界的运作方式，这些梦想也越来越清晰了。

因为艾伦的明智建议，也因为我耳闻目睹的关于商业世界的一切，我颇受启发，决定一有机会就尽快开始经商。我确信这不会那么难，我只需要一个好点子就可以开始。十五岁的时候，我创办了自己的广告杂志，命名为《瞩目》。点子是向当地的企业收1英镑，给他们做广告，然后我把广告印出来，在当地挨家挨户送。有个叫切伊的朋友帮我送，艾伦让我在他的办公室后面印杂志。我感觉很棒，因为我在创造属于自己的东西，而且我相信能把它发展成一份真正的生意。我脑子里盘旋着无数个计划。

在经济现实面前，我们只做了三期，而时间短缺也令我们止步不前。这次创业我们赔了20英镑，而考试季期间的作业压力也导致不可能再继续。我曾因看着这简单的小杂志诞生而狂喜，如今我却极度沮丧。不过，尽管它没有按我的希望腾飞，至少还是刺激了我做生意的胃口。在我看来，它证明从零开始白手起家是可能的。我明白它为什么没有成功，而且自信下次可以避免犯同样的错误。我相信，一旦我想好了要做什么并下定决心去做，只要我足够努力，就能在生活中取得成功。

当然，成为一名企业家并不是我唯一的志向。一路上也有其他的规划和计划，有时仅仅一场好电影就能启发我。比如看了汤姆·克鲁斯演的《壮志凌云》之后，有一小段时间，我曾轻率地想要成为一名飞行员。看起来那是度过生命的最精彩的方式，我相信自己只要接受一点培训，就能马上成为一名佼佼者。我去英国皇家空军面试，但是他们告诉我必须继续留在学校读完 O 级课程和 A 级课程①；而玛格丽特和艾伦并不准备照看我那么久，所以我就放弃了。

现在是 80 年代中期，大街小巷都在讨论伦敦金融市场发财的故事。电影《华尔街》也在电影院上映了，我看了有关交易所的纪录片和新闻，交易所里人人相互大嚷大叫，买卖股票，这种混乱看起来妙极了。看上去很正常，就好像我家一样，只不过没有打架。这令我兴奋不已，我知道自己可以做得很好，我只需要别人给我一个机会。假如说格洛丽亚曾赋予我一种天赋，这份天赋就是一张大嘴巴，我可以张开大嘴使劲儿喊。我想成为一名场内交易员。想在这里发财，你不需要受多少教育，实际上报纸一直说这是一份"街头手推车小贩"的职业。每天都有头版头条述说着二十出头的年轻人过着百万英镑红利和香槟美酒的生活。我

----

①英国教育制度。O 级为普通水准普通教育证书，简称 O-LEVEL 课程，是为中等学校学生主办的毕业会考。A 级为英国高中课程，简称 A-LEVEL 课程，是英国的全民课程体系，也是英国学生的大学入学考试课程，类似我国的高考。O 级考试合格才能继续接受 A 级教育。下文的 CSE 为英国中等教育证书。——译注

觉得自己没有理由不能成为他们当中的一员。

　　学校里的情况越来越好，让我对前景的自信越来越强。我刚去的时候成绩处于低段，这个等级的孩子们都不是很聪明，所以学习 CSE 课程而不是 O 级课程，初中毕业拉倒，不再升入高中。鉴于我前几年的表现不好，我是从最低的级别开始的，每个学期我都能提升一级，一直到考试之前，我距离能参加 O 级升学考试的级别只有一级了。我知道如果我一直待在鲍德温山小学和亚伯勒的话，早该远超参加这些考试的级别之上了，但是我在这期间缺了太多基础课程，又没有时间赶上。所以我还是得参加 CSE 初中文凭考试。

　　尽管我在学校的表现不断进步，但创伤已经造成，我还是只能拿到 CSE 二级。我的老师们以及玛格丽特和艾伦，都希望我再努把力拿到一级，因为 CSE 一级相当于 O 级水平，拿到的话就可以在公司得到一份普通的工作。但我不想要一份普通的工作。我不想成为某家公司里的一个卑微的齿轮，每天早晨坐火车去上班，坐在办公室里，晚上疲惫地回家，只为那微薄的周薪。我试图想出做点什么才能让自己的辛苦有所值，但我什么也想不出来。我想掌握自己的命运，就像艾伦一样。我想成为一名场内交易员或者企业家。我认为更应该直接到外面的世界开始工作，去实现自己的梦想，而不是为得到某个一般的考试成绩而担忧。

　　我决定无视他们给我的所有这些明智的好建议，去外面的世界碰碰运气。有了《瞩目》的尝试，我尝到了自由的味道。从无到有创造东西、说服人们来买广告空间、真正控制产品，这些都曾让我兴奋。那次经历虽然最终没有成功，却点燃了我心中想当企业家的热情，我想再试一试。我不知道怎样做或者从哪里开始，但我知道我想走入外面的大世界——我在电视上看了那么多年的大世界。我确信一旦我开始花时间寻找机会并思考赚钱的办法，我就能找到。

我们一起讨论了我的计划，说明白了如果我要离校，也就必须离开玛格丽特和艾伦家，因为他们的职责是收养孩子，不是成年人。其实，随着年龄的增长，我发现自己跟艾伦走得越来越近，而离玛格丽特越来越远。我觉得她更喜欢与小孩子打交道，对于一个快要成年的十几岁孩子，她有些不知所措。如果我做了什么她不赞同的事情，她会用一个词"廉租房心态"，意思是"住政府廉租房的人的心态"。我第一次听到她用这个词是因为我在花园里喊叫的声音有点太大了，但是这刺痛了我，因为还有其他人在听，而这从某种程度上让我想起了我母亲曾经掷给我的嘲笑。这让我再次感觉自己是个圈外人，一个不能融入的人。随着年龄的增长，我越发频繁地感觉到她的这种不赞同，但我并不觉得这是我应受的。

有段时间她和艾伦去澳大利亚探望孩子们，离开了两个月，那段时间我被送去玛格丽特的一个朋友修娜家住。他们回来之后，我注意到玛格丽特对待我的态度明显转变了。我想，远离这一切在堪培拉旅行，让她重新评估了自己的余生想如何度过，而她决定自己已经做够了收养工作。我感觉她急着要把我赶出家门，与逐年明显虚弱的艾伦共度一些安静的时光。

不过，我还被告知，如果我决定离开学校，并不意味着我就直接被扔到大街上自生自灭。他们会帮我找到住的地方。社会福利机构会支付我一笔存款和两个月的房租，帮助我开始，之后我就要靠自己了。我天真无邪地觉得，这听上去不错。我想象着自己立刻就会着手工作，两个月后就能轻而易举地自己付房租并养活自己。完全不依靠任何人并完全按照自己的意愿生活，这种想法我很喜欢。我是那么渴望开始，根本没有花时间认真考虑清楚形势，问问自己怎样才能找到第一份工作把我送上财富之路。

我开足马力向前冲去。十七岁的时候，我离开了学校，动身去世界上占领一席之地，内心充满高涨的希望和无边的壮志雄心，自信可以在几个月内突破一切。我从当地报纸的小广告上找到了房子，和另外三个人合租。这房子没有艾伦和玛格丽特家的房子那么好，但也没有我从小就住的两间房子那么差。它背靠着伦敦主城到盖特威特的铁路线，有点吵，因为频频有火车咔嚓咔嚓地经过。不过我不在乎，反正我是个习惯早起的人。他们给了我一笔存款、头两个月的房租和200英镑的零用钱，支持我的生活直到我能赚钱。我确定我已经在路上了。

我和房子里的其他人都不怎么见面。他们忙碌于不知道什么工作中，我们偶尔会在公用房间擦身而过，但大多数时间我都把自己锁在卧室里。他们都比我大，而我正把全部精力都放在想办法谋生上，我还无暇开始社交生活。

我逐渐意识到，起步可能不会像我最初预想的那么容易。我搜寻着广告上能够找到的每一个职位，如果我觉得哪些雇主可能会雇用我，我就给他们挨个打电话或者写信。但是，如果你的任职资格几乎为零，那么就没有多少选择的机会，大部分承诺得很漂亮的工作似乎都需要把很多人都不想买的东西卖出去。我愿意接受任何人给我的任何工作机会，但是我遇到的第一份工作是敲开人家的门，设法销售清洗地毯的服务，服务对象是还没有意识到需要这种服务的家庭主妇。我不打算长久干下去，但我觉得这份工作可以给我一些有用的经验，而且赚到的钱还可以帮我维持生计，直到更好的工作出现。这是一场比我预想的更艰难的奋斗，连我瞎扯闲聊的本事都不好使了。

我曾经向之学习的那些销售人员都是在市场上工作的，顾客是找上门来要买东西，他们实际上想买而且需要那些被销售的产品。他们成群结队地过来，口袋里装着钱，有购买的意愿。而现在我每次只能面对一名不情愿的顾客，还有很多扇门在我面前砰地关上。我经常不得不告诉顾客那天是我的生日等各种鬼话，只为自己的脚能踏进人家的门，但是他们依旧不愿意买这个。如果能够避免，谁会愿意让一个巧舌如簧的十几岁少年跑到家里来卖东西呢？没有人。因为我是拿提成的，所以这份工作我一个子儿也没有赚到，反而耗费了宝贵的时间和精力，还损伤了我的自信，因为我拖着沉重的步子走过一条条街，却一次次地被拒绝。

我还有一份周六的工作，在克罗伊登的家园 DIY 中心，这份工作确实给了我每周几英镑的收入。我在退学之前就开始在那里工作了，他们给了我一辆自行车，我每周六的一大早骑着它去普尔雷路。手里有现金，愿意怎么花都行，这种感觉很美妙，而且因为我当时跟艾伦和玛格丽特住在一起，感觉这些钱很多。可现在这是我唯一的收入来源，就显得寥寥无几了。

我的内心深处依然有一幅理想化的画面，我希望自己的生活是那样的。我依然想象着自己逃往美国，我知道那里人人都有大梦想，而且我依然梦想着到金融街去发财。但我明白，我在追求这些梦想的同时，必须先找到一个现实的办法养活自己。我开始感到沮丧，为了让事情有所进展，我居然花了那么多时间。

我离开玛格丽特和艾伦之前，把自己收入的一部分拿去上了驾驶课，玛格丽特爽快地同意帮我支付其余的钱。我很快就通过了考试，所以这是我学到手的一项技能。但并没有多少企业愿意放心让一个十七岁的少年去驾驶公司车辆。

我独立生活的最初几周里，觉得自由真是令人陶醉。口袋里有钱，没有人告诉我应该做什么或者应该去哪里，这一切冲昏了我的头脑。我刚搬进房子的时候，感觉社会福利机构愿意资助我的那两个月似乎永远看不到头。我想象不到它们会有结束的那天。我决定要尝遍每一种能找到的食物：我尝试了印度菜、中国菜、意大利菜和各种其他风味——从来没有停下来算算每周花掉了多少钱，比较一下我挣了多少钱。要是我还住在艾伦家的话，他很快就会指出我的做法错在哪里。但我已经不住他家了，我现在自力更生，得自己做判断。

几周之内钱就花光了，房东也提出来说房租很快就该付了。两个月马上就要过完，我头脑中那些关于自己想去哪里的画面，开始显得与现实相距甚远。我已经竭尽所能努力工作了，可我却好像在沿着一条光滑的斜坡滑向贫困，而不是像我预期的那样，爬向财富和幸福。

两个月过去，该付房租了，我的口袋空空如也，我突然很害怕，感觉没有任何人可以求助。我必须要弄到钱，否则我就会无家可归，永远也没法找到工作了。只要我有一个地址，我的脚就算是踩在了梯子的第一阶上。如果我滑落，不会有安全网接住我，我会无家可归并成为无业游民。只有一个选择。我去找艾伦，坦白了我的所作所为。我觉得自己那么愚蠢，才过了两个月就卑躬屈膝地跑了回来。他听完我说的话，指出我犯的错误，其实我已经知道哪里错了。他说他可以借给我一个月的房租，不过我得归还。即使他不说，我也会坚持这么做的。我太尊敬他了，不能向他乞讨，我巴不得取得成功并赢得他的赏识。他知道我必须吸取教训，从现在开始要学会对自己负责。我得放弃清洗地毯的工作了，它显然不靠谱。我需要找点明智的事情来做，这样才有牢固的基础去实现我的雄心壮志。我又得到了一个月的时间去起步，暂时松了一口气，但是压力依然存在。我现在知道一个月过得有多快了。

我唯一确定的收入来自周六在家园 DIY 中心的卑微工作，身着绿色粗布工作服，穿梭于货架之间，他们让我做什么我就做什么，也偶尔帮帮顾客。我决定增加工时，这样至少我能赚到足够的钱生活。我原本也可以把这作为一个全职的事业，可我知道如果我想做到管理层，就得待上很多年，而这依然不是我计划的度日方式。不管事情有多糟糕，我都不准备把自己的梦想丢得太远。世界证明是一个比我想象的更大、更冷、更可怕的地方。我独自生活后的第一个圣诞节即将到来的时候，我觉得不能再回艾伦和玛格丽特家过节了，因为我觉得他们对我的任务已经结束，生活该往前继续了，但我又没有任何地方可以去。一两个朋友邀请我圣诞节那天去他们家，但我撒了个谎，说我很忙。我不希望任何人可怜我。生日也是一样。我从小就习惯了自己应对所有这些事情，所以现在也能应对孤独，但还是很难。圣诞节是不可能忽视的。它从四面八方向你袭来，到处都是家庭团聚、共进大餐、装饰圣诞树、互赠礼物、共享传统的画面，如果你孤独地坐在铁路沿线的一间卧室兼起居室里，只有电视机为伴，也没钱给自己买一顿像样的晚餐，那你不可能不觉得悲凉。

我发现自己正不知不觉地与老同学们失去联系，因为他们聚会的时候，我却得工作。我得省钱租房，所以不管他们什么时候要我一起去看足球赛或去酒吧，或沉湎于那个年龄阶段的男孩子们都热衷的其他正常社交活动，我都没钱去。每天晚上回到家之后，我通常都是一个人，只是看电视，吃外卖，试图计划出一条前进之路。

当我到了十八岁生日时，我向金融市场发起了进攻，因为按我的理解，到了这个年龄，雇主们就会开始更认真地考虑我的申请了。成为一名交易员依然是我的梦想，我现在明白如果自己不主动出击，是没有人会把工作送上门来的。我花了好几个小时斟酌怎么写好求职信。我草稿打了一遍又一遍，说明这如何如何是我的梦想、我为什么觉得自己适合，并请求面试。我对措辞满意之后，手写了五十多份求职信，只要是我在图书馆能找到地址的这座城市里的每一家企业，我都给他们寄了求职信。我打电话到听起来像外星人待的地方，比如"人事部门"，找到我需要联系的人的正确名字。

自从把求职信都寄出去的那天起，我就每天早上在家坐等邮递员的到来，几乎无法抑制自己的兴奋和期待，坚信面试机会将如洪水般向我涌来。每天我都为自己编造新的借口，为什么杳无音信，然后对第二天持乐观态度。最后，两家公司给我回信说"不"，而其余的则完全忽视了我，似乎在这个我想加入的世界上，我是完全隐形的。

两个月之后，我终于放弃了希望，接受了自己不会再收到任何公司的回信这一事实，于是，我又开始形成一个新的计划。我读了自己能找到的有关这一主题的所有资料，学习了期货交易、期权和所有的股票交易术语，我开始渐渐明白，想要真正在市场上赚钱，就必须要有自己的资金。这肯定是前进之路。只要我能找到办法积累点资金，就能进军这项我最感兴趣的事业，而不用非得依靠别人给我一份工作。但是怎样获得种子基金，这个问题我根本没有答案。我已经竭尽所能了，赚的钱却只够住合租房子中的一间，而且几乎没有任何外部生活。积累种子基金似乎是一个非常遥远的梦。

我并不只是缺乏大多数行业的必要教育，我还缺少一个自信的人面试时的那种气场。我通过观察艾伦学到了很多，但还不足以抵消头十四年的生活对我的自尊心造成的伤害。每当我写求职信、打电话或出现在面试现场时，玛格丽特提到的"廉租房思维"气质必定还清晰地写满我的全身。不管是教育背景还是工作背景，都没有任何良好记录值得圈点并改变人们对我的第一印象。对我这种情况的人开放的唯一工作，似乎就是卖东西拿提成，靠业绩吃饭。

我开始买《伦敦标准晚报》，寻找伦敦市中心的工作。我给自己买了套想必处处尽显廉价的西装，然后开始寻找客户管理的工作，或者其他任何我能说服人们给我面试机会的工作。因为我太年轻，所有这些工作都做不了，这一点成了每个人拒绝我的完美借口。

"我送你一句话，"一位面试者在拒绝我的时候对我说，"你很有勇气。"我把这视作称赞，但并没有帮助我前进一步。

找到某种销售类的工作并不难，但它们都乏味得让人崩溃，而且通常都只是根据业绩支付工资，看起来根本得不到。有一段时间，我给一家从未听说过的杂志做广告位的电话销售，就对着一个脚本，试图打通尽可能多的电话，抱着希望以为在特定百分比的人里面肯定会结出果实，但什么都没有，而且连去办公室也得花我自己的钱。我还尝试过做市场调查，站在大街上，问路人问题——又是一份提成没有到手的工作。

我的情绪迅速低落。如果这是唯一一种我能得到的白领工作，而我甚至养不活自己，那我到底要做什么呢？

我找过一份工作是在塞维斯公司做"销售代表"。我记得他们给出的基本工资是 8000 英镑和一辆厢式货车，面试在伯明翰进行。我用自己最好的笔迹写了简历寄给他们，又打电话过去，在电话里推销自己。我解释说买不起去伯明翰的车票，他们答应支付我的费用。那份工作的内容是去各家零售店检查所有塞维斯销售点的产品是否都正确地展示在洗衣机周围。面试进行得像一场梦。两周之后，他们又邀请我过去，给了我这份工作。它距离我梦想的事业还很遥远，但好歹也算是又迈上了一个新的阶梯。

有一周的培训课程，期间我住在一家酒店，真是太好了，因为这意味着我又可以正常吃饭了。为了还艾伦钱，那段时间我一直在缩减用度。搬出他们家之后，我最怀念的事情之一就是玛格丽特的厨艺。于是，每隔一周的周五，我就去她曾经做饭的妇女协会市场，买家常制作的牛排腰子饼和饼干。尽管玛格丽特本人已经不再在那里做饭，但我认识那里很多别的老太太，她们总是很照顾我。

对我来说，伯明翰的酒店房间可谓奢华。虽然我跟玛格丽特和几个别的孩子出去度假过一两次，但我从来没有单独住过酒店，或者自己住一间这样的房间。培训课程结束后，我可以把厢式货车开回家了，这样我就可以把车停在家里，开车走访各家零售店。这是我一年前拿到驾照后第一次开车，根本想不起之前学过的那些东西了。当厢式货车慢悠悠地爬出服务区时，我能看到车队经理面带忧虑地盯着我看。我忘了调后视镜，哪个方向都看不见任何东西，只能看见天空，但我不会在所有人面前停车调后视镜的。

我穿着西装，后面放着公文包和设备，把车开了出去，寻找着高速公路，感觉自己终于找到了。当我最终找到高速公路的时候，我以为自己会在慢车道上慢慢开，结果五分钟之后，我就稳稳地开在了快车道上。现在我有了工作，有了一辆厢式货车，准备踏上成功之路。

我在塞维斯干了大约六个月，学到了很多东西。不过最重要的是，我明白了如果此生我想成就任何事业，都必须是借助销售。这将是我积累所需资金以追求自己真正梦想的方式。我意识到，每个人都必须通过把东西卖出去才能生存，我只需学会比别人更会销售。

我向塞维斯的销售部提出升职，我认为那是我应得的，但却被拒绝了。这时，我决定该跳槽了，于是我去了柯尼卡，接受销售影印机的培训。很快我就意识到在那里不可能赚到足够的钱，于是再次跳槽去了另一家在商界人人都在讨论的公司。和塞维斯的工作一样，这份工作我也不太喜欢，但它确实教会了我如果想要多赚钱，就要直接卖东西给公司，而不能只做一名"销售代表"。这个地方有很多高级销售员每年赚到十多万英镑。那里甚至还有一些曾在金融市场混过的人，通过交易赚到的钱比自己的本钱还要多。看起来我终于在正确的时间让自己达到了正确的地方。

刚开始的时候，我工作特别卖命，满大街到处寻找生意。我的努力得到了回报，第一个月我就赚了5000英镑，随后我就花在了夜总会和酒馆里。我感觉自己正鸿运当头。如果我只用一个月就能赚那么多，那再来一次也不会费力气。我已经突破了一直阻碍我的那些障碍，现在没有什么能够阻止我。银行显然也同意并立即给我开通了透支功能，我去任何地方都可以贷款了。没过多久，我就开上了一辆三升排量的丰田 Supra 轿车，过得像个国王一样，全都是基于贷款。当时是 1989 年，是英国的繁荣时期。然而，第一个月的业绩证明有点畸形。我依然比自己以往任何时候都做得更好，但是我挣的没有花的快，债务越积越高。那些年来我从艾伦那里得到的好建议都被抛诸脑后，取而代之的，是终于打破了教育差、开端坏的恶性循环之后的过度自信和放松感。我丢掉了对梦想的关注。

　　一年以后，影印业破产。公司内部出现了付不起提成的问题。我丢了工作，但债务依然还在那里。我又一次从梯子上摔落下来，回到了原点，但不再心存那么多幻想。

第十六章 逾越法网

那时候我的生活已经改变了许多，但都如同建立在沙地上一样不稳固。在影印业的工作烟消云散之后，我搬了家，和一个在公司认识的同事合租。我有时候也会住在另一个朋友家，位于盖特威特附近的一个名叫霍利的城镇。我在那里认识了一个叫保罗的人，他在一家很大的汽车租赁公司工作，也住在同一所房子里。

一天，保罗顺便过来玩，开着一辆全新的梅赛德斯S级轿车。真是一辆奢华级轿车，属于他所供职的租车公司，而他发现了一个办法，可以在没人知道的情况下开着它供自己私用。这个诡计的做法是：把车的信息登记为已送到维修车间，尽管它没有任何问题。因为之后不会有人核查这件事，保罗就能把它从维修车间开走，而公司里的任何人都不会注意到车已经不在了。这种花招看上去那么轻而易举，给我留下了深刻的印象。

"我家里还有一辆车，"保罗说，"要不这辆给你用？"

他解释说，这辆梅赛德斯最好有人开着，而不是一直停在他家附近。他不想开着这样一辆豪车转来转去，以免被同事看见。另一辆车就没有这么惹眼。

由于我当时没有任何交通工具，便心存感激地接受了这个建议。这辆车是天上掉的大馅饼，比我之前开过的任何车都好上一百倍。坐在这样的豪车里四处晃悠，又燃起了我压抑的斗志，让我想起了自己多么渴望成功，成功之后就可以自己拥有这种好东西。坐在一辆马力强大的、构造牢固的车里，让你感觉坚不可摧、无所不能。我喜欢那种感觉，并且想要更多。

自从在伦敦工作，我就开始在附近的一家拳击俱乐部打拳击，一则为了健身，同时也发泄一些依然憋在我心中的怒气。对着沙袋释放精力总会让我感觉好很多，现在还能让我暂时忘记自己负债累累，忘记自己在可预见的近期内没有钱也没有收入来处理这个问题，忘记自己连工作也找不到。差不多就像是回到了最初开始的原点，因为在影印公司做销售并没有让我学会做任何其他类型的工作，依然只能做拿提成的销售，这是我过去就尝试过的，如今发现这根本没用。

我在俱乐部认识了形形色色的人，当我钻进车里准备回家的时候，有个人认出了这辆车。我们开始聊，话题很快就转到了这辆梅赛德斯上。我解释说这不是我的，是租车公司的，我只是在它进行维修之前用一用。

"如果你需要一些快钱的话，"他说，"我认识的人会愿意从你手里买下这样一辆车。"

"是吗？"我随意地搭腔，"你觉得他会愿意出多少钱？"

"2000块吧，我估计。"

当时我迫不及待地需要钱来偿还那些由于我的愚蠢而堆积的债务，于是我答应考虑一下这个建议。我回到霍利镇找到保罗，告诉他那个人所说的话。

"他们说这辆车我们可以拿到2000块。"我说。

"嗯，公司里没有人知道它丢了，"保罗说，"所以我们也可以不知道。"

　　下定决心之后，通过电话做了安排。我们接到通知几天后把车开出来，停到彻特西镇的一个环状交叉路口。跟我们交易的那个人会从南伦敦过来，然后在那里跟我们碰头。我们开着两辆车到了指定地点。我把车停在他们描述的地方，保罗把车停在附近，然后过来跟我坐在一起。我们两个四下张望，沉默不语，战战兢兢，试着预想接下来可能会发生什么。我们不仅害怕被警察逮住，还担心即将和我们碰头的人。我们知道，他们不是那种你可以纠缠的人。要是他们直接把车开走却不给钱怎么办？要是他们没有出现怎么办？要是警察出现并过来盘问我们在干嘛怎么办？我很想忘记整件事情直接开车离去，可我又想起了自己多么需要钱，而且不管怎么样，我已经答应了他们说我会过来。

　　无数个问题在我的脑中不断盘旋，我望着外面的马路，心想要是自己压根儿没有牵扯进来就好了。但是现在打退堂鼓为时已晚，我们决心要坚持到底，而且这笔钱会解决眼下的很多问题。我们紧张地坐了一会儿，看着来来往往的车辆，试图发现跟我们碰头的会是哪一辆车。一辆看起来并不起眼的轿车载着四个人开了过去。

　　"那辆车看起来就是他们。"我说。

　　"不是吧，"保罗摇摇头，"他们开走了。"

　　"他们又回来了。"我说。那辆车再次出现在路口，兜了一圈又走了，车里的人都没有多看我们一眼。

　　"他们在搞什么鬼？"保罗问。

　　"就是在观察我们吧，我想。确保没有别的人在盯着。"

　　那辆车绕着路口慢慢地又转了好几圈，这下我们可以看出来他们在观察我们了。我们还是不知道接下来会发生什么。游戏持续了大约十分钟，这期间他们检查周围是否安全，有没有埋伏。然后车在距离我们几米远的地方停了下来，其中两个人下车，迅速向我们走来，剩下的人立刻开车走了。

我们爬出车外和他们见面。一个白色的信封塞进我手里，钥匙被拿走，没有眼神接触，梅赛德斯几秒钟之内就不见了，只留下我们自己站在原地，还没弄明白发生了什么。我们迅速走到保罗停车的地方，开车回家。在车里的时候，我打开了信封查看里面有没有钱。有。我感觉很复杂，一方面松了一口气，终于结束了，而且我们有钱了，另一方面又很不安，因为我为了生计逾越了法律。我告诉保罗我很紧张，车会不会追查到我们头上。

"怎么追？"他问。"根本没有人知道它从公司丢了。就算他们发现了，他们又怎样追到我们头上？"

"问题是，我现在没的开了。"我指出。

"包在我身上。"他承诺说。

他说到做到，又给我弄到了一辆车，这次是辆比较低调的福特，我自己用，可过了几天我把钥匙弄丢了，而钥匙上还有车的警报器。我给保罗打电话，告诉他我的问题。

"嗯，我不能从公司给你配新钥匙，"他说，"否则他们会发现车在外面，就要问这问那。我把钥匙号码给你，你可以到别的地方配一把。"

一小时后，他打电话回来，告诉了我钥匙号码。我去附近的一个配钥匙的地方，给了他们保罗口述的号码，告诉他们是一辆福特汽车的钥匙。他们什么也没问，直接按我说的配了钥匙递给我。我无法相信就那么简单，不过我当时并没有立刻领悟到这件事的全部含义。

　　我们处理掉那辆梅赛德斯之后，过了几周，买走它的那个修车厂老板突然又打电话来了。我刚接到电话的时候有点不安，不知道是否出了问题，而且像他这种人如此轻易就找到了我，想想我就觉得不舒服。不过他的语气很友善，好像并没有忧心的事情。我们闲聊了几分钟，之后他直奔主题。

　　"如果你能搞到那样一辆车，"他合情合理地说，"应该也能再搞到其他我要订购的车。"我们决定几天后在一个酒馆碰头，他给我点了很多吃的，让我考虑一下。当时我卖梅赛德斯得到的1000英镑已经消失了，但我的债务问题却一点也没有消失。我还是无法找到其他方式谋生。但同时，和这种显然在法律之外为非作歹的人打交道，我感觉并不舒服。

　　"我不能去偷车，"见面之后我告诉他，"我不能那么做。"在我的意识里，卖掉通过暧昧手段落到自己手里的东西和实际上去偷属于别人的东西，还是有天壤之别的。公司里没有人发现梅赛德斯丢了，而我只是从它的失踪中获利，这样感觉还好点。这种行为看上去跟实际上去偷别人的东西似乎还是有一些差别的。

　　"又没要你跑到大街上去砸人家的门，"他大笑，甜言蜜语哄骗着我，让我感觉自己怀有这种顾虑很愚蠢。"你可以和你的朋友一起干，把车弄出他们公司。"

　　在他说话的时候，一个主意穿过了我的大脑。如果保罗能搞到其他车的钥匙号码，如果他也能把车登记去维修，那么我就可以直接走进他停车的地方，把车开走。我告诉我的联系人说我考虑一下再答复他。

　　当晚我和保罗出去喝酒，跟他说了那通电话和我的主意。他考虑了几分钟，表示赞同，他觉得这个办法可行。南伦敦那个修车厂老板需要订购特定品牌和颜色的车，来跟他已经买进的那堆废车资料相匹配。如果我们能找到符合他的规格的车，就可以提供给他。

"我们试试吧。"保罗说。我们从各个角度讨论了这个主意，没有发现任何障碍。

"好，那我给他回电话，"我附和道，"我就说我们可以试试。我不会做任何承诺，只说我们会试试。"

几天后，修车厂老板打电话来，给了我一个他需要的品牌和颜色。我打电话给保罗，把信息传递给他。然后他打电话给我，告诉我一辆符合规格的车的钥匙号码和一个地址，我可以去那里找到那辆车。我配好钥匙，去取车，开到修车厂附近的一条街上，把钥匙留在车底下，这样他们接到电话后就可以直接取钥匙开车。这个办法简直天衣无缝。他们按时付钱给我们，并在两周之后又订购了一辆车。我们创造了自己的生意，提供订购的车。

关于这件事情的流言在特定的圈子里传播开来，我也逐渐得到了一个名声：能提供人们想要的东西的人。我没有向任何人澄清，任凭传言持续。汽车交易让我的钱包里有了足够生活下去的钱，但还是不够多。我对这些交易的担忧本该多一些的，可我又找到了为自己辩护的借口，因为唯一的受害者只是一家名不见经传的汽车租赁公司，反正他们也会索赔保险的。这似乎是一项相对无害的罪行，至少我当时是这样为自己辩护的。

当我发现自己有一项技能而且日益有名之后，便开始思索怎样扩展到其他可能赚钱的领域。我当时花很多时间泡在酒馆和酒吧里，在那种地方不可避免地认识了形形色色的人。只要遇到管理层的人，我就试图弄清楚他们想要什么，看看有没有其他东西是我或许有能力提供并可以换取现金的。搞到汽车根本毫不费时，我渴望努力工作，现在就差有人愿意接受我的服务了。

功夫不负有心人，我发现俱乐部这个行业对廉价的酒和烟有无穷的嗜好。我认识了当地最有影响力的俱乐部和酒吧的老板们，弄明白了他们需要什么。总体来说，他们似乎愿意接受任何东西，只要价格合适。然后，我出去从其他人那里寻找货源，他们从不同的地方进了货而又需要快速出手。我成了一名中间人，做着经营俱乐部的那些人没有时间亲自去做也不想沾上边的交易。我从每笔交易中拿提成。

我的很多交易都发生在高速公路沿线零星分布的那些无名服务区的停车场里。在那里，卡车、厢式货车和轿车混杂，谁也不认识谁。在这些短暂停留的地方，很容易在不引起任何注意的情况下交换车辆或者移动几个板条箱，尤其是天黑以后。我卷入了一个平行的商业世界：生活在合法的商旅者们旁边，但只要不是内部的人，谁也不知道我在干什么，我把货物从所有者手里搬运到需求者手里，却没有任何文件，除了现金不收别的。

我的交易并非总是一帆风顺。有过一次小插曲，当时我不知道怎么弄错了厢式货车，结果得到了一车需要处理的海产品而不是酒。邻居们都跟着吃了好几个星期的龙虾。

在这种行当里，用不了多久你就会出名。犯罪的世界很小，消息传播得很快。如果大家都知道你有钱、有买主，他们就会跑来联系你，希望为你供货。我明白俱乐部老板们都不是好惹的主，都是冷酷的生意人，必要的时候什么都做得出来，只要能维持生意并盈利。我确保绝不承诺兑现不了的事情，而且如果自己无法找到他们想要的东西，我总是尽快坦白承认。对我来说，这就是生意，简单明了，得到现金维持生活并帮助偿还债务。我表现得很职业，就好像我做的是正当合法生意，因此人们对我很尊重。我被称为"小家伙"。我一旦出现在某家俱乐部，电话马上就从门口接通给老板："'小家伙'来了。"我就被迅速领进去。我对他们来说是有用的，并且我不乱来，他们也以礼相待。

因为我为俱乐部老板们提供的服务很好，我发现我变得和他们"有关联"了。消息传播开来，大家都知道"小家伙"有很强的后台保护着，于是我的名气更大了。几乎没有人招惹我，因为他们知道我的后台是谁。我在酒吧打过两次架，三两下就赢了，部分原因是我在拳击馆训练过，所以现在非常强壮，另外也是因为我从父母那里学会了如何打得又快又狠。结果，我又得到了我本人也很厉害的名声，不过我并非完全撑得起这个名声。

我的性格永远不适合做一名职业拳击手，因为只要别人一打我或者惹烦我，我就立刻还击，根本没有任何预谋或城府，用尽每一分力量反击。在我前二十年的生活中堆积起来的愤怒，正在那里等着别人去惹它。我打架的时候，不使用任何诡计或进行任何战略思考，这意味着如果酒吧里哪个醉汉觉得我年纪小好欺负就找茬打架，他们受到的反击会比预想的快很多也狠很多。不过，这些都是独立事件。你只需要打败别人一两次，消息就会传出去，人们就会躲开。几乎没有人找我的麻烦。由于我小时候受过太多伤害，而我知道自己能够活下来，所以我天不怕地不怕。我甚至连死都不怕。当你没有什么可以失去的时候，你在很多方面就处在了相当强的位置。或许其他人能从我身上感觉到这一点，或许这就是他们对我表示出尊敬的原因。

随着时间一月月地过去，很多人来找我要东西，我能做成的交易越来越多，所有这些使现金流进了我的口袋。我运转良好，日子过得还不错，每天晚上出去，骑着一辆很炫的摩托车，但这依旧是一份建立在沙地上的不稳固的生意。我背后依旧没有资金或资产。有的只是一卷卷转手的现钞，给人以有大钱和富裕的幻觉，而事实上，这只是快速周转、薄利和大量的快速消费。我并不是在积累完成梦想所需要的钱，而那些梦想现在看来也束之高阁了。

虽然缺乏可靠的资金，相比我最初努力打拼的那个正当生意世界，现在我感觉更安全和受到保护。现在有强大的人照顾我并从中获利，这让我感觉自信又舒服。只要我能弄到他们想要的东西，他们就不希望任何伤害降临到我头上。我爱上了这种感觉：能够越过俱乐部门外等候的长队，直接被领进去。我想象身后还在外面排队的人琢磨着我是谁。我做了那么多年圈外的小男孩，只能看着别人生活，现在我终于被接受并成为了圈内人。那是一种美好的感觉。我终于属于了某个地方，尽管我在财务方面仅仅只能保持自己不欠债。

我依然不怎么交际，即使是在社交场合。我从来不告诉任何人我具体是做什么的，因为我觉得如果没有人知道，那么就没有人会泄露我的秘密。我并不期望在这个领域永远待下去，我还想一旦有合法的事情做，我就回到正当领域去，所以我不希望背负任何形式的犯罪记录。我知道犯罪生活不是我该过的，我做这些事迟早会被抓到，但我当时还没有找到一条通往正当领域的道路。保罗离开汽车租赁公司后，汽车生意就停止了，我专心为俱乐部老板们倒腾酒。虽然我很享受能在俱乐部里趾高气扬、受到保护和尊敬的感觉，但我还是迫切想找到一个进入正当生意的办法，我明白这还是一个筹集到足够资金做后盾的问题。当时我只有二十一岁，却感觉好像为了在商界立足已经打拼了一生。

第十七章　　丧亲与失望

　　我做交易中间人期间，又跟玛格丽特和艾伦建立了联系。自从离开他们之后，我成熟了很多，也学会了自力更生，尽管还没有走上我希望的道路。这把我们的关系放在了另一个基础之上，甚至增强了这种关系。尽管我的起点磕磕绊绊，但是我也通过努力在外面的世界生存了下来，这一点让我感觉自己小有成就，可以昂首挺胸地回家了。他们没有必要知道我在做什么。他们只看外表，这个年轻人似乎在外面把自己照顾得很好。关于我的工作，他们什么也没问。可能艾伦能够猜出我做的是哪种事情。

　　他又犯过一次心脏病，这让我特别难过，看样子他好像时日不多了。他不怎么出门，显然他大部分时间都很累。他和玛格丽特安排好了计划去澳大利亚，跟住在那里的孩子和孙辈们多待些日子。他们打算卖掉房子，但是运气不太好，正赶上房地产不景气。我确保自己尽量多陪陪艾伦，因为我担心跟他在一起的时间不长了。我一有机会就往他们家跑。有时我们只是一起坐在花园里，不怎么说话，只要知道对方在那里，就很满足了。我回去跟他们住了几个晚上，第二天从那里直接去上班。一天早晨，当我离开家时，我往楼上瞥了一眼，发现他正从自己卧室的窗户看着我。

　　"照顾好自己。"他低头向我喊，似乎他知道有什么事情要发生一样。我向他挥挥手，就去上班了，但是心里却泛起一种莫名的不安的感觉，也不确定自己为什么感觉这么不舒服。

那天下午我回到家，踏进前门的一瞬间，我就感觉到家里笼罩着一种阴郁的气氛。我听见大家都压抑着声音说话。玛格丽特在厨房里，隔壁的盖伊和她女儿唐娜陪着她。我一整天的不安之感，汹涌成一种痛苦的预感。我知道我马上会发现一件非常伤心的事情。我推开房门，他们都回头看着我，脸上的表情解释了一切。他们告诉我艾伦在玩桥牌的时候死了，那是他最喜欢做的事情。我听着，惊愕得说不出话来。虽然我有心理准备，但这个消息还是像一记重拳打在了我脸上。我不知道该说什么，只是拔腿就走出了房间，我想远离所有人，这样我才可以让自己的情绪不受抑制地发泄出来。我一路走到休息室，坐在他最钟爱的椅子上，拿起一个垫子捂住脸，控制不住地哭泣。一会儿盖伊过来拍了拍我的肩膀，想安慰我，可根本就安慰不了。我不知道该怎样处理自己内心翻腾的悲痛。艾伦不同于任何其他人，他给了我时间、支持和爱，这些都是我的生活中缺失了太久的东西。我曾经那么希望他在我身边，看着我在外面的世界往上爬并取得自己想要的一切，但是现在他走了，我们再也不能在工作室里、桥牌聚会时或者静谧的午后花园里谈心。他永远不会再看见我取得任何成绩，永远不知道他在我的生命中扮演过多么重要的角色。我有那么多事情想要跟他说，可现在却太晚了。

我觉得葬礼尤其难熬，因为我感觉我们在一起的时候是父子关系，可现在我被归为了这家人的一个朋友，不再是直系亲属中的一员。我当然理解从他们的角度来说就是这样。可尽管我不是艾伦的亲生儿子，他却比丹尼斯更像我的亲生父亲。我本来也没有期待别的，但被推到边缘还是让我内心空落落的，让我再次感觉自己并不真正属于任何地方。

在葬礼上，我从头哭到尾，根本止不住，似乎阻挡了眼泪那么多年的水闸终于被拉上来，再也关不上了。一想到他的遗体要被焚烧，我就接受不了。当棺材穿过一道道门，慢慢接近火炉的时候，我完全控制不住自己了。我无法理解人们怎么能够烧掉自己所爱的人的遗体。我想起了小时候在消防员怀抱里的那种安全感，眼下的情形跟我那天晚上的所有感觉完全相悖。在火葬场外面，盖伊又试图安慰我，不过他也做不了什么。我用太阳镜遮住双眼，默不作声。

我们再次回到家里，我上楼躺在自己床上。我无法面对与楼下的其他人混在一起，进行礼节性的谈话并分发三明治。我不想让大家发现我哭得有多厉害。

玛格丽特把事情办得井井有条。我想他俩必定知道这一天要来临，所以已经把所有的共同资产都转移给了她。葬礼一结束，她就一门心思只想打包搬到澳大利亚去，她大多数的家庭成员都在那里，从而把过去留在身后。我提议说，如果她想快速处理掉房子，我可以买，好让她脱手。我不知道自己为什么想做这件事。我猜这只是属于那种说说而已不期待结果的事情。我当然连维护房子的钱都没有，更别提买了，但是或许我觉得车到山前必有路。玛格丽特非常清楚我的状况，明白我没有买房子的钱，于是她建议说，如果我想买她的房子，她就贷款 30000 英镑给我用于创业。"要是艾伦还活着，他也会这样做的。"她告诉我，我激动得说不出话来。

在她提出来的那一刻，我就觉得这是我的前进之路，而且觉得这应该也是艾伦所希望的，希望玛格丽特和我相互帮扶，让生活井然有序。30000英镑正是我感觉开始正当生意所需要的那笔资金。鉴于艾伦理解生意，理解需要有资金在背后支持，我能想象他也一定会同意的。假如我能利用那笔资金，就可以不用再东碰西撞地这里赚几块那里赚几块了，就可以专心致志地让钱为我工作，这样我站稳脚之后，就有钱偿还房子的抵押款了。我可以放弃在法律边缘的生活，真正开始做一些事情。这是我进入下阶段生活所需要的踏脚石，我感激地接受了这个提议。我知道我可以努力工作，有了这笔钱，我就能创造一些我能够培养和营造的东西。我是那么期望利用这个机会来证明自己有能力做点什么。我已经盯上了一桩生意。一个朋友介绍我认识了一个人，他想卖掉自己的酒吧。我感觉这就是能把我带上成功之路的那种生意，我想要的是在正当行业里的成功。我也喜欢拥有一个酒吧能够带来的那种生活，它能在这茫茫世界中给我一个固定的容身之所。

我和玛格丽特之间的交易无论如何都不会一帆风顺。房子的市价是125000英镑，在玛格丽特可以给我贷款之前，我连支付印花税的钱都没有。但是如果我拿不到抵押贷款来买她的房子，她就没有钱给我。没有钱做保证金，也没有稳定的收入，是很难得到抵押贷款的。这是个先有鸡还是先有蛋的问题。我有个了解抵押贷款的朋友，说只要我能证明自己的收入，并且如果玛格丽特告诉他们房子实际上是卖145000英镑而我已经付过她20000英镑的保证金，我就可以得到一个九折的抵押。我不知道我是如何证明自己有收入的，但是我证明了。其实是欺诈。可我别无选择，如果我想把自己拉回到合法正当的生活中。

在多次磋商的过程中，我不停地向玛格丽特核实贷款还算数，到最后我感觉我都开始惹恼她了。

利息很高，抵押贷款每个月要花掉我 1000 多英镑，但是我相信我可以让那 30000 英镑为我工作并赚到足够的钱偿还。我们的交易即将结束之前，玛格丽特就去了澳大利亚。交换合同之前的那天，我和远在悉尼的她通电话，我又问了一遍，"我还是可以拿到这 30000 英镑贷款的吧？没有它我可买不下这套房子。"

她向我保证一切都会处理好的。

两天后，房子交易完成，我又给她打电话问贷款的事情。她告诉我已经跟她的律师谈过了，律师建议她不要给我钱。当我终于明白她的意思之后，我感觉周围的世界都坍塌了。我明白，我想创业并真正独立的梦想将灰飞烟灭，而且我现在每月有 1000 英镑的支出却没有足够的收入来支付。

过了一小会儿，我又打了回去，既是恳求她，也是为了弄清楚她为什么会做出这么无情的事。

"我连支付印花税或者首期抵押贷款的钱都没有拿到呢。"我说。

她把话筒放在一边，没有挂断，走开了。我愣在那里，线路畅通，却没有人可以说话。

我搬进了房子，因为至少这样不需要付房租，但这却是一场糟糕的体验。所有的家具都没了，墙上的图画都不见了，只留下空白的补丁，赤裸的灯泡悬挂在天花板上，几片旧窗帘和地毯已经没有了往日的家的感觉，看起来破旧不堪。唯一留下的家具是我的床和一把椅子。

圣诞节快到了，我只能孤零零一个人在这所空房子里度过个节日，身无分文且希望渺茫。我一生中从未感觉到如此孤独。

我收购酒吧的交易暂时搁置，不知道怎样才能再捡起来并继续下去。失落感如潮水般淹没了我。

第十八章　在裸拳赛中沉沦

我依然打拳击健身，对着沙袋发泄自己的挫败感。由于我的性格原因，我永远成不了职业拳击手，不过我还能控制自己。我需要一个途径来发泄挫败感，因为我生活中的每一件事都越变越糟。我居住和工作的地区发生了一些法律问题，所以我供货的俱乐部老板们全都躲了起来，这导致我的酒水生意一夜之间就枯竭了。其实没什么大不了的，他们只是不想购买任何可能有点来路不正的东西。我突然没有了任何收入，口袋里连买饭的现金都没有，而房子的债务却一天天累积着。

有些人知道我急需赚钱，几周之前有个叫强尼的人来找过我。我以前见过他几次，但是不怎么了解他。

"你是个不错的拳击手，"他实事求是地说，"如果你需要钱，我或许能给你找点事情做。"

他给了我他的号码，我随手塞进了口袋，根本没想过要用它。我知道他说的是什么：非法拳击，也就是所谓的"裸拳"。这种拳没有任何规则，只要你尽可能迅速而残忍地消灭你的对手就可以。在那个阶段，我还在一门心思试图维持酒水生意的运转。然而，几周过去了，现在抵押贷款和日常开销账单在我周围堆积成山，如果我不想失去一切，不想在未来的年月里负债累累，我就需要用尽一切可能的办法去东拼西凑尽力赚钱。我拨了他给我的号码，提示了他一下我是谁，告诉他我需要钱。

"嗯，"他说，"如果你能控制自己，或许你可以打一场看看。"我没有想那么多。我觉得我已经什么都尝试过了，为什么不试试这个呢？

"好，"我说，"给我多少钱？"

"赢了 150 块，输了一分没有。"

"好。我穿什么？"现在回想起来，问这个问题很奇怪，但当时我脑袋里只冒出了这件事情。

"就运动裤和 T 恤。"他说。

一挂电话，我就开始想象拳击的场景。打拳或许很有趣。某个拥挤不堪、烟雾缭绕的非法窝点里，我站在拳击场上，周围挤满了看客，他们尖叫、呼喊、催促我出拳，下赌注、大笑、兴高采烈。这个想法在我心里滋长起来，呈现出一种堕落的浪漫主义和魅力。

根据安排，他们在几天之后的傍晚，到国王十字火车站①附近某个地方接我。我在一个街角等待，天色渐渐昏暗，最后有一辆车停了下来，我上了车。我已经感觉到不安了，不知道自己要去哪里，也不知道要发生什么。车上有好几个男人，我们沿着一条主路开了大约一个小时，离开了伦敦城。没有人多话。最后一缕日光褪去，我们到达了路灯的尽头。夜色确实已经非常浓了。我们从主路上拐下来，沿着一条狭窄的未修缮的小路，驶过了一片建筑密集区。我们翻越一座小山，开始下坡到了一片没有任何

---

①英国伦敦市中心火车站名。——译注

房子的区域。我现在真不知道自己身在何处了。我开始紧张，忐忑不安。最后，我们来到了一片旷野上。这看上去跟我想象的情景大不相同。

有八辆车停在那里，车头向内围成一个圈，我们颠簸着驶过草地加入了它们。开车过来的那些人都闲散地站着，抽着烟，小声聊着天。我猜他们在下赌注，但是此刻我更想做的是设法弄明白将要发生在我身上的事。车的前灯照亮了"拳击场"，拳击将在那里开始。我的对手已经脱光上衣等着我了。他比我高一点，年纪也大一点，看起来身上也没有那么多肌肉，不过他浑身都是纹身。我知道他会很高兴地竭尽所能伤害我，我只能确保先打倒他。

"怎么了？"我问强尼，他是我的联系人。

"只管打就行了。"他咕哝了一句。

没有哨声、铃声或者任何声音指示拳击开始。我脱掉上衣，走向我的对手。当我靠近之后，我发现他很臭，好像掏了一整天的马粪，没有洗澡就直接过来了。我们抓住对方，能打到哪儿就打哪儿，能踢到哪里就踢哪里。我立刻就充满愤怒，无法控制自己的拳头。我只想狠狠地揍他。我设法抓住了他一条腿，猛地把他拉倒了。他一摔倒在地，我就踩住了他的头，不停地拳打脚踢，尽可能又快又狠，下定决心不能让他再站起来。如果他站不起来，我就赢了。观众观看的时候，没有发出一点声音。他们根本没有喝彩、喝倒彩或者发出任何喊声。或者，就算他们喊了，我也没有听见。他们只是看着我们厮打。

两分钟之内，一切就结束了。我的T恤被撕破了，运动裤上沾满了泥巴，我感觉自己要散架了。那些人回到车上，开车走了。

强尼把钱给了我。他们带我上车后，我默默地窝在车里。回去的路跟来时的路一样安静。他们又把我放回国王十字车站，我疲惫地回到了家。我脸上有几处伤口，但不至于引起任何可能看见我的人的注意。这跟我想象的完全不同，我对那人做的事情让我很难过，但是我明白如果他有机会也会这样对我。这倒是相对简单的夜间工作。

两周之后，强尼又打电话来，问我想不想再打一场。我还是需要钱，而且第一次的记忆已经消退了，于是我说可以。接我的流程还是一样，到了地方之后，我们在车里等了几分钟，观察着现场。我的对手坐在稍远处的另一辆车里。我们透过车窗盯着对方，试图掂量对方。这次围成圈的车更多，看客中还有一些女人。我觉得她们像吉普赛人，不过我没有多注意她们，专心琢磨接下来要做的事情。看来第一次拳击只是一个试验，这次来看我的观众更多了。大家都在等着对方跨出第一步。我想打完了事，于是打开车门下了车。就像我给出了信号一样，所有其他车门都打开了，人们纷纷下来观战。

这次我知道要做什么了。我径直走向我的对手。他相当好看，深色的头发，健壮的身体。这个家伙看上去很结实，不像上次那个人。我用尽全身力气，对着他的脸就是一拳。我猜他年龄应该快三十了，也比我高一点。我因为训练所以相当强壮，一拳下去他就倒下了。我想我可能打破了他的鼻子，当然流了很多血。他的牙直接撞到了我的指关节的骨头，打他的时候我听见了皮肤撕裂的声音，但是我毫无感觉。我不停地打他，每打到他一下，我的指关节就喷一次血。他一直没有从第一拳上缓过来，所以似乎瞬间我就击败了他，他躺在地上不动了。当我确定他不会再站起来之后，我看了看自己的手，白色的指关节骨头刺破了肉，疼痛开始涌上来。

　　我又赢到了钱，这次他们让我搭车回到了科尔斯登，把我放在了刚下高速公路的 A23 路上，让我自己走回家。我一进家门，就坐下来开始哭，我的生活居然以这样的方式进行。我一直压抑着的所有情绪都如洪水般泛滥开来。我曾经有那么多梦想，也尝试了我能想到的一切事情，希望让自己的生活成功。可是现在，我住在被遗弃的房子里，深陷债务，不得不为零花钱而拼命。我想，我大概就是没能力做更好的事情，我一直都是自欺欺人，以为自己有一天会有所成就。我没有人可以去寻求帮助或者建议，因为艾伦死了，而我当然不能回去找我的父母。我跟学校的朋友也都没再保持亲密关系，而生意上的熟人都是后来认识的，他们并不是那种可以去求助的人。我感觉到彻底的孤独。上床睡觉的时候，手上的疼痛折磨着我，根本无法入睡。

　　第二天早上，我自己去了当地的医院，他们为我缝好了伤口，没有问任何尴尬的问题。

第十九章　每况愈下

当年我住在艾伦的老房子里时，最喜欢的觅食地之一是当地的炸鱼薯条店。我注意到有三个家伙好像总是在店外站着，我能看出来他们是一帮难缠的混混，但我没有理由跟他们说任何话，所以我一直没把他们当回事。当地还住着一个黑人，有点残疾，我不认识他，也从来没有和他说过话，但是有一次我注意到那三个蠢货在他后面捣鬼，嘲笑他走路的样子。这事其实跟我一丁点关系都没有，因为我不认识他们当中的任何一个人，但这一幕触碰到了我内心深处的某个地方。可能它让我想起了自己小时候被其他孩子们嘲弄或者在亚伯勒看见金柏莉被男孩子们困在教室一角的场景。我没去管它，可这个事件在我心里挥之不去，一想起来我就感觉有点烦。又有一次，还是白天同样的时间，我开车路过的时候，恰好看见同样的一幕正在上演。他们在他背后戏弄他，看着特别不像话。我停好车，进了店。

"给我一袋薯条，好吗？"我对柜台后面的男孩说，"我要热的。"

"这就是热的。"他说。

"不，"我说，"我想要那种还带着滚烫的油的，我会多给你钱。"

他没再问更多问题，只是按我的要求做了。我在滚烫的热薯条上撒满盐和醋，走出去，直接一把扔在了三个人里面最年长的那个人脸上，他看起来是带头的，接着我又去追另外两个。

"你们要是再敢欺负他，"我警告道，"我他妈的宰了你们。"我知道我不该插手，但我也知道，如果我不插手，就没有人会管，而那个残疾人有权每天走回家时不忍受一帮小丑的羞辱。从那以后，我有时在附近看见他们，但从来没看见他们再出现在薯条店门前。

第二次裸拳比赛之后，大约过了一个月，强尼又打电话来了，当时我的手已经开始愈合。这次他给我出了更好的价钱。这次比赛，如果我输了，我能得到150英镑，如果我赢了，1000英镑。我推测，这意味着本次交易比以往有更多猫腻。如果连输了他们都愿意付钱给我，那这次比赛很可能会达到我之前没有遇到过的恶性水平。可是，如果我赢了1000镑，就可以帮助我还上当月的抵押贷款，也为我争取到更多时间，可以在家好好想想怎样让自己摆脱困境。到现在，抵押公司已经开始怀疑为什么我还一点钱都没付，甚至连第一期分期付款都没付，而律师也在要求我支付房子的印花税。我同意打这次比赛。

他们还是在国王十字车站接我，开车去了同一个地方。这次围成圈的车想必有三十辆。这事儿大了，我觉得不安。我事先用胶带把指关节缠起来了。我知道手必定会受伤，于是我在车上的时候吞了几片止疼药，先准备着。我看见对手的那一刻，就明白自己死定了。他和前两个人完全不同。那两个人想必是用来树立我的信心的，让我以为自己能够打赢他们为我找来的任何一个人。不管是谁，要是提前看见了这个家伙，都不会主动跟他打的。他看着更像一头动物，而不像一个人。他没有脖子，也几乎没有牙齿，皮肤又厚又硬，就像廉价的皮革工装靴。他比我矮，但是壮得像头熊。

我环顾周围的看客，有很多严肃的面孔，想必这次真的下了不少注。显然这家伙是个职业选手。我知道他们不会让我现在退出的，如果我试图放弃这次比赛，大家包括我的对手都会把我打死。别无选择，只能试试迅速把他撂倒或者自己准备好挨打。

我像上次一样又狠又快地出手，用尽全身力气击打他，但对他根本没有任何影响，可能跟击打一堵砖墙差不多。我可以看出来，自己无法伤害到这个人。他像抓小孩一样一把抓起我，一记重拳，那么重，打得我脑袋好像要爆炸了。爆炸还没结束，他又用头撞我，我的眼前划过一道巨大的银光。我像一麻袋破布一样倒下来，可他一秒钟也不放过我，脚踢拳打，拽着我在泥土里转。他玩得很高兴，我转向哪儿，他就出现在哪儿。汽车前灯在他背后发出刺眼的光，我滚来滚去寻找逃生路线的时候，灯光刺得我什么也看不见。

有个阶段我设法站了起来，想着没准儿能跑掉，但我的双腿根本不听使唤。他又上来打我，我感觉自己被举离了地面，被摁在其中一辆车的引擎盖上往背后掰。汽车上的一块金属标志像一把钝刀子刺入了我的脊柱底部。我原以为格洛丽亚很坏，但这次挨打超出了我以往经历的任何一次。当我再次滑倒在地时，我的反应就像小时候一样，蜷缩成一团，保护自己的重要器官，等待这一切结束。过了一段时间，拳头落下来其实已经制造不了疼痛感了，更像是远处炸弹掉落的砰砰声。我能感觉到拳头对我的影响，破坏着我的皮肤和骨头，但是我已经感觉不到疼痛。等麻木退去之后，疼痛就会再来。

　　然后，我必定是晕过去了，因为我不记得任何事情了，等我醒来时，发现自己从头到脚每一寸地方都在抽搐。我渴得要死，可当我想说话的时候，嘴唇却肿得动不了。我试图四下瞅几眼，看看发生了什么，看看自己在哪里可能找到安慰，可我的眼睛几乎睁不开。有几辆车已经屁股上冒着烟咆哮着绝尘离去。强尼的影子都不见了。我后来发现，他在前两场比赛中都赌了我赢，安排我跟容易打败的人打，故意树立起我的名声，然后第三场的时候，他赌我输，因为他知道我根本没戏。他想必也知道我不可能再想打下一场了，所以也没有理由送我回家。一个我之前从没见过的人给了我150块的"战败"费。

　　我的对手还在那里，他已经赢到了钱，停止了进攻，现在对我很友好。他试图跟我攀谈，可我太痛苦了，几乎动弹不得。我的肋骨疼得吱吱响，我知道有些肯定断了。我试图走路的时候，双腿不停地发软打颤。大概他们不想把我留在这旷野上，以防被任何路过的人发现，于是有人把我装到了一辆肮脏的白色厢式货车后面。窗户都用板子挡住了，所以从外面谁也看不见我。有几个人爬到前面，相互攀谈，就好像在肮脏的车板上翻滚的我不存在一样。货车每颠簸一下，一阵疼痛就贯穿我的全身。

　　他们停在M23高速公路上，把我放下车。我看不出来自己在当时那种状态下怎么能照顾得了自己。我让他们送我回家，但他们不同意，他们做到这里已经仁至义尽了，不想再管这事。后来他们作了让步，说可以把我放在科尔斯登大街。当时天色已晚，街上几乎没有人。他们开走之后，我半走半爬地进了一家迷你出租车营业处。每个人都盯着我。

"你没事吧，孩子？"有人问。

"没事，"我用受伤的嘴唇含糊地说，"给我一辆出租车送我回家就行。"

一辆车立刻开了过来，司机帮助我上了车。他放下我之后，我用自己刚赚的钱付了车费。我吃力地上楼进了卧室，瘫倒在床上。我只想结束这一切。我觉得自己竭尽全力要开始生活，可就是成功不了。似乎没有任何继续下去的意义了。但是，除非你要自杀，否则你就不能放弃，你必须不断尝试。几天后，我的伤势一开始好转，我又开始绞尽脑汁想别的办法，怎样才能打破这个我自找的债务和贫困的恶性循环。

第二十章　想办法赚快钱

因为房子的缘故，我的债权人变得越来越没有耐性。我好像几乎每天都收到召唤，要我支付这样那样的未付账单。打裸拳让我落到了谷底，下一步该何去何从，有两个选择：我可以放弃房子，直接从这一堆乱七八糟的事情中一走了之；也可以继续拼搏，去实现我儿时的自由与成功的梦想。我决定，等身体恢复好之后，我就继续尝试。

我还是想买下那家酒吧，当我去咨询的时候，发现它还是待售状态。假如我是个更有经验的商人，这可能会勾起我心中的疑虑，但我太急于得到它，我没有太深入地思考为什么我退出之后，没有别人买下它。原始计划是我支付20000英镑预付金，剩下的从酒吧每月的利润中抽取。过去这家店生意确实很好，但是渐渐失去了活力，主要是因为老板对它失去了兴趣。这种生意，如果你想热闹不断，就需要非常上心并充满激情，否则顾客就会慢慢都流失到竞争对手那里去。我想我可以轻而易举地恢复它的声望，因为我愿意为此付出大量的时间和努力，而且我满脑子主意。干这行我没有经验，我甚至没在吧台后面调过酒。我根本不知道这行生意如何运作，只贩卖过廉价酒水，但是我充满了自信，觉得自己能经营好。我原计划用玛格丽特的贷款中剩下的10000

英镑多进点货，并稍微装修一下。

我一直那么期待这次创业，而且一直跟老板说钱过几个星期就到位。后来，当玛格丽特改变了主意之后，我不得不向他坦白我没有拿到钱。这让我听起来就像个傻瓜，就像一个生活在幻想世界的小孩子。但我不得不继续试着想别的办法，因为我真的想拿下这笔生意，确信这能给我一个事业立足点，我需要这个立足点在这个世界向上发展并赚一些稳当的钱。我振作起来，给他打电话约了见面。

"你能筹到多少钱？"当我告诉他如果还有可能我依然希望做成这笔交易的时候，他问我。

"我不知道，"我回答，绞尽脑汁思索任何可能借给我一点钱的人。"给我几天时间。"

几天后我回来了，这期间我拜访了我所认识的可能帮助我的每一个人。我还卖光了每一件能抓到的东西，甚至盯上了玛格丽特留在厨房里的旧冰箱和洗衣机，拉到废品站去卖了几块钱。我回去告诉他，如果再给我两周时间，我可以筹集到 7000 英镑。显然他也没有从别处拿到更好的价格，于是便接受了。差额我得从每周的现金流里补上。

我设法通过卖东西筹集了一些钱，但离我许诺他的数字还差5000 镑，而现在我只有两周的时间去弄到这笔钱。我得找个快速交易，能赚到几千块的那种。这需要采取非常的行动。我联系了南伦敦的那位曾经从我和保罗手上买过租赁汽车的修车厂老板。我不想联系他，但是我想不出别的办法。我们安排了见面。

"我需要 5000 块，"我告诉他，"你需要什么？"

他列了个单子，是他需要的车，共有十辆。"如果你能在接下来的两周内给我搞到这些，"他说，"我就给你 5000 块，但是它们都得有钥匙，而且能直接开上路。"

因为我在租赁公司不再有联系人了，我不得不到大街上去找这些车，想想这可比简单地跟保罗打交道可怕多了。我不喜欢这种为了赚钱而诉诸犯罪的主意，可我看不到别的出路。对我来说，似乎如果筹不到足够的钱来进入一桩合法的生意，就无论如何都难免沉沦。我用这样的信念说服自己：一旦我接手了酒吧生意，下半辈子我就能遵纪守法本分做事了。只是似乎没有任何诚实的途径，能让我筹到过上正直的好日子所需的那些钱。我不得不再做这最后一件不合法的事，给自己一个机会去获得成功、避免破产并赢得一点自尊。我心意已决，所以现在我只需要设计出一个高效的工作方法，把收集所需汽车时被抓的风险降到最低。我需要的第一样东西是一辆属于自己的车，用来上街巡视，而且这辆车必须要完全合法，这样我在转悠的时候才不会被叫到路边停车或引起任何注意。我确实自己有一辆旧车，于是我确保它一切合法，然后开始了搜寻。我下定了决心，不完成订单决不罢休。这有点像非法寻宝，我一小时接一小时地开着车转来转去，双眼不停地扫描着马路两边。太累的时候，我就找条小巷停下来，在车里小睡一会儿，一感觉有精神了，就继续搜寻。我每一顿饭都在车上吃，搜索着每条街，寻找我的联系人所需的确切品牌和颜色。这些车主要是福特和沃克斯豪尔，都是没有明显特征的品牌，在拍卖会上可以很容易地卖掉，不会引起不必要的注意。

每当我发现一辆单子上的车，我就记录下它停在哪里、是哪家车行提供的，名称通常写在注册号码下面或者后窗某个地方的标签上。然后我给车行打电话，说我钥匙丢了，把车的注册号码和品牌告诉他们，让他们给我钥匙号码。我会让自己的声音听起来尽可能地焦急："你能帮帮我吗？我得去机场，要迟到了，我的钥匙掉到下水道里去了。请帮帮我。我听说只需要知道钥匙号码就行。"

我不希望万一警察过去询问有关那辆车的问题时，他们能想起我们的通话。这就像演戏一样，我发现我还相当擅长。那些车行从来没有问过，而且不管怎样，当报告车辆被偷时，警察也不太可能想到联系任何一家车行。接我电话的人从来没有要求我出示任何证据证明我就是该车的车主，他们直接在电话里就把号码给了我，易如反掌。我从来不会通过其他方式偷车。我不知道怎样在发动机盖底下将电线连在一起，也不会撬锁。我也不能像街头坏蛋那样砸开车窗玻璃或者用其他办法。就算我那样做了，也没有任何好处，因为我的联系人不想买损坏了的商品。他想要带钥匙的未被破坏的车。

我一拿到所需的钥匙号码，就去找配钥匙的地方，他们没有理由怀疑什么，只是把钥匙配好。我一拿到钥匙就回去取车。我自己的车后面有一辆自行车，我把它转移到偷来的车上，我到联系人附近的某条街上交付完偷来的车之后，就骑自行车回到自己的车上。

取车的时候，我总是穿一身西装，看起来就像那种什么车都可能会开的人。我发现有些车停在机场附近，于是我甚至还提上一个公文包，取车的时候，急匆匆地把公文包放进行李舱，这样看起来更自然，不会引起注意。在机场里，一个身穿西装的男人把自己的公文包放进车后备箱，然后开车走了。谁会记得这么一个人呢？我必须承认，当我穿着西装、背着一个帆布背包——里面装着公文包、骑着自行车回到我的车旁时，看起来真是有点傻。有时离车太远了没法骑自行车，我就坐火车或者出租车回来。

我偷过一辆 24 阀的福特格拉纳达，这是一辆动力很强的车。当我从犯罪现场把它开走时，开得有点太快了，正如拥有这样一辆车的人很可能做的那样。当我飞速冲过一条小巷时，差点撞到一辆迎面驶来的警车。我减慢车速，从后视镜观察，看见警车停下来然后掉了头。我吓坏了，他们很可能跟我谈两句然后就放我走，但我可不想冒险。我一踩油门，径直沿着一条小道冲了出去，双眼不停地扫视后视镜，看他们是否还在视线范围内，心砰砰直跳。当我离家还有几条街时，已经有段时间没有看见他们了。我停车，下车跑回家，砰地关门，转身把门反锁上。安全进屋之后，我整个晚上都待在家里没出去，害怕听到敲门声。第二天早上，我溜达到停车的地方，车还在，看上去没有引起任何人的不必要的注意。想必我刚离开科尔斯登的那些小巷时就甩掉了他们。我爬上车，完成了交货。

通常情况下，我不能把偷来的车马上交付出去，必须停在某个地方过夜。如果这种情况发生，我就需要换掉车牌号，以免被人认出来。我会翻阅《交易与市场》①杂志，找到一款类似车型、相同使用年限和颜色的车，然后打电话过去索要注册号码，编故事说我在亲自过去看车之前需要先检查一下。然后我就用他给我的号码做假号牌，把圆形纳税证也取下来，这样任何一双窥探的眼睛都不会发现有什么不匹配。这样我就知道车在交出去之前都是安全的。我变成了一个真正的专业人士。

---

①汽车销售杂志，周刊，1868 至 2009 年间发行。——译注

我没日没夜地工作，终于在两周截止日期的前一天收集到了全部十辆车。我成功了，我有足够的钱可以去完成交易了。我所有的计划现在都到位了：我会买下酒吧，经营下去，这样我就能赚到足够的钱，还上抵押贷款，让自己的生活步入正轨。我打电话给修车厂的联系人要钱，他现在欠我钱。

　　"我现在拿不到，得下周。"他说。

　　我很失望。我迫切想让生活向前走，不过我也可以理解，他自己也需要先卖出几辆车才能拿到钱。所以，既然知道钱会到手，我想我可以把酒吧交易再推迟一周。我很怕失去这次交易，但是如果修车厂那家伙没有钱给我，那我也没有别的办法，只能再耐心等一阵子。为什么事情从来不能按照我希望的发展？接下来的那个星期我又打电话，却找不到他。我不断地尝试，开始觉得不安。

　　"我的钱呢？"每当我接通电话之后，我就问他，可他总是用这样那样的理由敷衍我。

　　最后，他告诉我他没有拿到钱。"你得等到车卖出去。"他说。"之前我们不是这么说的。"我坚持道。我开始觉得他是在耍我了。明明是我该得的钱，却不得不打电话催，我不喜欢这样。"我们说的是我弄到车，你就给我钱。你随时都有钱的，直接把欠我的给我就行了。"

　　我知道这个家伙去哪儿都随身带着一摞钞票，而且保险柜里还有更多。他不可能完全没钱的。我可以看出来，如果我让这个人耍了，那我在这份真正的生意中取得成功的唯一机会就告吹了。我感到了绝望。我不得不等待的每一天似乎都长得像一辈子。我认识太多老家伙，他们磨蹭了很久也没有经营上一份正当生意。他们一直在梦想着自己要做什么，却从来没有真正做成。我害怕变成他们那样的人。我已经挣扎得够久了，现在我得让球滚起来，得让事情有进展。两周里，我那么努力地工作，弄到了车。我成功了，现在却被耍了。

　　虽然每个人都以为我跟那些经营不好惹的酒吧和生意的危险人物有关联，但实际上我从来没有去找他们帮过忙。我从来也没需要过，通常只要把我的名字和他们联系起来，就足够让人们不跟我乱来了。我知道他们喜欢我，也很可能会帮忙，但是我从来不想让自己欠他们的。我喜欢维持现有的关系。这些人都是婊子养的恶棍，但是我信任他们，他们也可以信任我。我们就是这样结合在一起的。我闭紧嘴巴，而他们做他们不得不做的事。但是现在我身处绝境，如果我不想最终破产流落街头的话，就不得不来点大动作。我别无选择。我去找他们，告诉他们我需要一把枪。

第二十一章　枪与紧急停车带

枪支和毒品是我永远都不会碰的两样东西。我一直相信，跟这两样比起来，汽车和酒精是相当轻的罪行。可是现在，如果我不采取大动作，我估计连这个最后的机会都要失去了。

我的那些联系人没有问我任何问题。他们只是同意帮忙，告诉我枪要花 200 英镑。我说可以，然后就约好了见面，地点是一条双行道路边的紧急停车带。他们跟我说了要留意的车辆类型，见面安排在第二天晚上。这一切发生得太快太紧凑，我几乎还没有时间领会。我的神经紧绷。如果我被抓住持有手枪，那将毁掉我过上正当生活的任何机会，可我还是看不到其他选择。那个家伙永远不会因为我向他要钱就把我的钱给我。他必须得知道我是当真的。

大约晚上九点钟，我穿过黑暗，开车去往他们给我描述的地点。我看见车已经停在那里，于是我就停在了它前面，出去之前先从后视镜观察了我的联系人几秒钟。他高个子，很壮，不到五十岁，穿着深色的没有特色的衣服。他的发动机舱盖打开着，正在捣鼓发动机，假装出了问题。我走上去，没有说话。

"在下一个路灯杆旁边，"他说，没有抬头，"子弹在再下一个。"

说完这些，他拉下发动机舱盖的支撑杆，砰地一声合上盖子，爬回驾驶座，发动了引擎。他没有多看我一眼就走了。我回到车上，继续开。马路安安静静，只是偶尔有几盏车灯闪过。我试图找到他所说的那个路灯杆，心扑通扑通直跳，但是好像根本没有再出现一个路灯杆。我的胃痉挛着，握着方向盘的手掌不停出汗。然后我意识到，我开过了。我得掉头回去。我身体的每一根神经都因害怕而紧绷着。这种事我之前从来没有做过。这好像真的很危险。当我最终到了那个地方时，发现一个折叠好的黑色塑料袋躺在路灯杆基部的黑暗里。我没有停下来看里面是什么。里面或许是一只死猫也未可知，可我一心只想离开那个地方。我把它扔在车后排座的地板上，开走了。我也没有必要再停下找子弹。我没打算杀人，也没打算自杀。如果我没有弹药，这种事情发生的可能性就更小。我甚至不需要知道这把枪能不能用，只要它看上去能用就行了。这只是一场吓唬人的博弈。

　　我开着车，感觉从小到大都没有这么恐惧过，袋子在我背后的地板上。在过去的几个月里发生的每一件事情都堆积在我身上，压力越来越大，现在发展到了深夜开车拉着一把枪四处游荡的地步。我从生理上感到恶心，但还是下定决心做下去。我现在不能表现出软弱，我经不起，否则就完蛋了。我会永远拿不到钱，而没有钱我就拿不下酒吧，就会失去房子，最终流落街头。我不得不继续往前走。我的第一个想法是：如果我被抓了并送进监狱，至少会有一间属于自己的屋子可以在里面睡觉；而如果我筹不到钱，在外面我很快连睡觉的屋子都会没有。这一切都快把我逼得发疯了。

　　回到家之后，我拿着没打开的袋子出门进了花园，走到最尽头。一切都静谧而漆黑，我从篱笆底下爬到一个邻居家的院子里，在他们家的堆肥里挖了个洞，把袋子深深地塞到洞里。冒着热气的腐烂的堆肥散发出浓郁的味道，充斥在夜的空气中。我知道他们家没有狗，所以没有什么会打扰我的藏枪之所。我回头摆正篱笆。至少现在武器不在我的房子里，我有了时间喘口气，想想接下来怎么办。

回到屋里时，我全身的肌肉还在因害怕而颤抖，我意识到自己一整天没吃饭了，胃因为紧张而非常不舒服，无暇应对食物。我离开寂静的空房子，径直去了炸鱼薯条店，所有的东西都点了双份，打包带回家，以最快的速度塞到嘴里，狼吞虎咽地吃下，迫不及待地要填饱我的胃，以减轻饥饿之痛。当我把最后一口塞进嘴里时，我瘫坐在椅子上，这会儿虽然饥饿得到了缓解，胃却胀得难受。我每一个细胞都感觉很饱。一小时后，我跪在卫生间里，手指抠着嗓子眼儿，把最后吃下去的每口饭都吐出来，试图甩开被撑到的那种难受和不健康的感觉。这是我第一次做这样的事，但不是最后一次。

我知道我必须要迅速行动。首先我不想让枪在身边停留时间过长，其次我需要钱去做交易。我冷静下来眯了一会儿，马上就走出门去，趁着拂晓之前把枪拿回来。我不想在光天化日之下被人看见在邻居家的堆肥里翻来翻去。我把袋子拿进屋里打开，这是我第一次研究这件武器。它又沉又笨重，看起来像古老的二战电影里的物件。我站在卫生间的镜子前，练习举枪。

"把我的钱给我。"我说，但是我的声音在颤抖。我深吸一口气，集中注意力。"把我的钱给我。"我又说了一遍。

我必须确保我的手在那个关键时刻不抖，他必须相信我完全冷静而且有控制力。我希望自己看上去像一个用惯了枪械的人。如果他看见我发抖，就会知道我在虚张声势。他必须相信，假如我得不到想要的东西，我就愿意并且能够扣下扳机。我练了一会儿，以习惯这个感觉。我等待着黎明，等待一个时间，我知道那个时间我的联系人会在修车厂里。我要在右手上戴一只手套，手套要大，这样我就能很容易地把它戴上和取下。我不想春天带着手套出现在进出修车厂的路上，这样会把注意力吸引到我身上。问题是，我戴上手套之后，手指几乎无法扣好扳机。我不停地练习，终于发现了一个可以操作的技巧。

外面天逐渐亮起来，我认认真真地穿上蓝色西装和衬衫。我希望看起来轻松而聪明，而不是一副绝望的样子。我回到镜子前，再次把枪举起来。

"把我的钱给我。"我第一百次重复。我看上去那么自信，连我自己都惊讶。

它没有枪套，所以我得想好怎样携带，既不能被别人发现也不能掉出来。最后，唯一的地方就是我上衣的内口袋。枪太大了，我不得不双臂紧紧交叉在胸前才能兜住，不过这是唯一的选择了。我的目标人物经营着一家破旧的小修车厂，面朝南伦敦的一条大街。我进去的时候，那里没有顾客，只有一个机修工在一辆车的发动机舱盖底下干活儿。我推开办公室的门，转身将"营业中"的标志翻成"暂停营业"。外面人来人往，都在去上班或去商店的路上，并不知晓距离他们两三米之外正在上演的紧张局面。老板看见了我，知道我要谈正事，就走出办公室，让机修工把后门关上，后面的大门是汽车的入口。我猜想，他以为我们要吵一架。或许他甚至打算教训我一下，因为我催得太紧了。

大门一关，我就抽出了手枪对准他，我背向窗户，这样路人就不会看见任何情况。他很震惊。我觉得我的手在抖，但就算是在抖，他也没有注意到。他立刻就软了，整个语气都变了。

"把我的钱给我！"我说。

所有的排练都没有白费，这几个词从我嘴里出来，满满都是克制的威胁，这正是我所期望的。我原以为眼前的人是个真正难对付的刺儿头，没想到现在他也吓得要死，颤抖，后退，道歉，试图对整个局势轻描淡写。但愿他不知道我内心有多么恐惧，但愿他不知道我的手枪跟儿童玩具一样无害。

"你，"我对那个傻站着合不上嘴巴瞪着眼睛的机修工说，"滚出去！"他赶紧跑了。

我知道他们不会报警，因为我能看见他们旁边还停着一些我偷来的车。

"我只想要我的钱。"我说。

"我还没有拿到呢。"他摊开双手，一副无能为力的样子。

"你要么拿到了，"我说着，举起枪，似乎在瞄准他的头，"要么就去死。"

我需要他相信我已经疯狂到会为了 5000 英镑杀人的地步。实际上，假如我有子弹而他又拒绝给钱的话，我是有可能杀了他的。在那个阶段我反正没有什么可失去的，一无所有，杀完他之后我很可能再把枪对准自己。

"好，好，好！"他举起双手，让我别急。"冷静一下，冷静一下。"看起来好像我已经骗过了他，但他还有时间再次欺骗我。他一路紧张地嘟囔着走向保险柜，打开。保险柜门转开之后，我无法相信自己的眼睛。我一辈子都没见过这么多钱。想必他向来每次交易都是用现金的，而且连银行的门都没进去过。保险柜里面塞满了一堆一堆的钱，都整齐地包装着。我现在是真的愤怒了。我要是有子弹的话，估计就真开枪了。

"你他妈的有钱为什么不给我？"我大喊，用枪指了一下保险柜。"你有这么多钱，就不能把欠我的几千块给我！"

"做生意都是这样的嘛，"他耸耸肩，"拿钱吧。"

他必定能够看出来我有多么严肃，因为他在控制不住地颤抖、冒汗。估计保险柜里有十万甚至更多钱，我本可以全部拿上然后一走了之，但我知道，那样会招来更多麻烦。现在这样，他可能会有一点丢脸，但他只需要支付欠我的钱。假如我偷了他的钱，他可能会雇人盯上我，我就得一直提防着，那正是我最不希望遇到的事情，我买下一桩正经生意就是为了躲开这个。这种方式是公平的交易。我已经学会，有时候，越是小人越不能得罪，否则你会陷入更多的麻烦。

"我只想要你欠我的数，"我说，"给我我的 5000 块，再给我 200 块收款费。"

我也不清楚自己为什么要把租枪的钱也算上。我没想过要拿超过自己被欠数额之外的钱。其余的都不是我的钱，又不是我赚的。我希望自己的名声是一个你不敢与之耍花招的人，而不是一个到处抢劫别人的人。

他抽出准确数额的钱，都是一捆捆的 20 英镑面值的纸币，每捆是 1000 英镑。最难的部分是等着他数出 200 英镑，似乎花了特别长的时间。拿到钱之后，我把枪收起来，转身离开了修车厂。一出门，微笑就慢慢绽放在我脸上，因为我意识到，我已经走在拥有自己的合法生意的路上了。控制了局面并拿到了钱的感觉很好，现在我必须尽快摆脱这支枪。

开车离开的时候，我流下了眼泪。我猜这纯粹是高兴，但也可能是因为自己被逼无奈所做的事情，竟然只是为了拿到自己应得的钱。现在我又能正常生活了。

一回到家，我就擦洗干净手枪上的指纹，之后再碰它都戴着手套。我把它放进一个垃圾袋，小心翼翼地不在塑料袋上留下任何痕迹，然后把袋子放进另一个袋子，这样就可以带着走了。我用篝火把手套全烧了，埋在花园底下。我打电话给我的联系人，说我要还枪，还是放在我找到它的地方，然后出门，开车到了之前那个紧急停车带。当我到达路灯杆之后，就像当时把它放在那里的那个人一样，装模作样一本正经地掀起发动机舱盖，这样的话如果有人碰巧发现了我，我还有个幌子。我祈祷不要有警察停下来问我在做什么。我随意地走到路灯杆旁，把里面的袋子从外面的袋子里倒出来，把外面的袋子放回车上，带回家烧掉。我希望任何人都永远无法把那件武器追溯到我身上。

一周之后，我买下了酒吧，从那一刻开始，我注意到，不管我走到哪里，大家看我的眼神都不一样了。我突然变成了一个"有头有脸的人"，只因为我拥有一家酒吧。类似这样的消息迅速散播开来。很多人开始出于尊敬而请我喝两杯，但我从来没有接受过，因为我不想欠任何人任何东西。

第二十二章　酒吧生意

　　于是"小家伙"转行做了酒吧生意。这个地方我早就知道，因为我一直作为客人光顾这里，不过我卖酒那会儿从来没有跟这家做过买卖。它生意一度很火，但现在已经走了下坡路，需要换一双手来掌舵。我当时二十二岁，对生意一无所知，我之前从来没有在酒吧工作过，与酒吧唯一的联系就是有时我给其他酒吧和俱乐部提供酒水。但这些都不足为虑，我暗暗自信以我的能力可以成功。毕竟我能够排除万难走了这么远，不是吗？

　　在酒吧的第一个晚上，我着实紧张，但我知道不能表现出来。我需要在大家面前表现得一切都在掌控之中，否则我会被各种各样的人敲竹杠。我前一天去过，他们向我展示了这个地方的技术细节，比如警报器、保险箱、控制钱箱和库存的计算机系统如何工作，如何换酒桶等等，所有移交店铺所需要交代的一般事项。只有一件事没有向我展示，那就是如何拉出一品脱啤酒。但没关系，第一夜我没打算在吧台后面服务。我紧紧盯着吧台后面的姑娘们是怎么做的。那天晚上一切顺利，我开始觉得更加自信了。每个人都给了我作为一个老板应得的尊重。那一夜，打烊之后我留下来练习，直到终于能够倒出完美的一品脱啤酒。我现在已经准备好为顾客服务了，自信满满，热情满满。

这个地方潜力很大。有两个 DJ 台，两个吧台，墙上有一个巨大的电视屏幕，不过，最出彩的一点是我，我是这个地方最年轻的人。我不允许任何二十五岁以下的人进来，因为我知道那些有点年纪的人才有钱消费。我不希望一群群十几岁的人挤满这里，却整晚只买一杯酒。我甚至还不够年龄也不够有经验去持有营业执照，所以我雇了以前的经理帮助运营，让他做执照持有人和我的副手。

我来之前，我的员工都已经知道我了，他们似乎跟我一样渴望一个全新的开始，让这个地方焕发新的生机。我生命中的一切在一夜之间全都变了。刚开始生意清淡，连一半都坐不满，顾客都是晚上九点之后要去泡吧之前才过来喝一杯。我做了一个大胆的决定，决定赌一把。我相信要让人们进门，就必须借助外力。我经营的是一家很酷的酒吧，所以我决定邀请名人 DJ 每周五晚上过来。我雇了首都电台的 DJ 尼尔·福克斯。他每个月过来一两次，也会在他的电台节目中提到我们，说说他去了哪里。我们在酒吧外面放了海报，消息很快就传开了。他第一天来的晚上，从晚上七点开始我们酒吧外面就排了很长的队伍，我们不得不早早叫来保镖控制秩序。酒吧瞬间就恢复了往日的繁荣，我确信自己有做生意的天资，那会把我带上顶峰。

钱涌入抽屉，每晚都像派对之夜。有一个周五，我站在吧台上向人们的喉咙里倒龙舌兰酒。银行休假日是主题夜，所有的员工都盛装服务，这让小伙子们乐开了怀。我甚至放了一把牙科手术椅，顾客坐在上面，我往他们喉咙里倒龙舌兰酒。这个地方火爆起来。周五是俱乐部之夜，所以音乐很时尚，每个人都兴致勃勃地享受这棒极了的夜晚。这也是姑娘和小伙子们的狂欢之夜。

周六的时候来的大多成双成对，虽然他们只是前一天晚上没带同伴独自前来的那同一批人。周日是 70 后和 80 后之夜，总是挤满了人。感觉我好像终于成功了。

从来没有任何麻烦，因为传言说我是个不好惹的人。我没有采取任何措施去阻止这些传言，它们对我没有任何坏处。人们明白，不要在我的酒吧里找麻烦。我呢，我只管高高兴兴的，微笑着，开着玩笑，我真的很喜欢我的工作。

钱滚滚而来，我的第一要务是补齐累积到当时的抵押贷款。那些贷款让抵押公司陷入困境，虽然他们可以拿到逾期支付的费用。我去了两次法院，因为他们想收回房子，但是法官知道我在竭尽全力，所以给了我时间让我站稳脚跟，只要我保持经常性支付就可以。

每周我都和酒吧的前老板碰头过过账，他会拿到他应得的那份，但随着我们每周赚的钱越来越多，他想要的似乎也越来越多。他并非总能得逞，但是我能看出来他很嫉妒我把酒吧从悬崖边缘拉了回来。

一家啤酒厂约我见面，这家厂在我接手酒吧之前为它提供啤酒。我想都没想，理所当然地以为他们是来向我展示啤酒的。当地代表进门介绍了自己。他问了我几个问题，我告诉他我买下了这家酒吧，付了一部分保证金，不足的钱从酒吧收益中提取。

"奇怪了，"他说，"不知道这怎么办到的。你知道吗，你'买'下他酒吧的这个人欠我们啤酒厂超过 350000 英镑，我们掌管了这个房产。现在我们打算取消他的抵押品赎回权。"

我肯定连下巴都掉下来了，我无法相信自己所听到的事情。由于我涉世未深又满怀渴望，由于我迫切想要在合法生意中立足，所以前老板把合同放在我面前的时候，我看都没看就直接签了。这都是我自己的错，但我还是让他占了我幼稚的便宜。我快疯了，但是我知道，如果我想要从残骸中打捞回任何东西，就必须要等一段时间。我的梦想再次被粉碎了。我或许在享受这份工作，但并没有在把一桩生意做起来，一切都是徒劳。

我继续想方设法让这个地方维持了大约九个月的现金流，然后，我意识到自己再也坚持不下去了。之前的老板欠了满世界的债，我的真实身份其实是一个徒有其名的经理。我被剥削光了，我把钱倒进去，却几乎没有得到任何回报，而实际上我也从未真正拥有过值得拥有的东西。最后，我意识到我束手无策了，我没有任何办法挽回局势。于是我做了清醒的决定：离开。我带走了保险箱里所有的钱——大约3000块——然后把钥匙留给了经理，让他把我的决定通知前老板。

他发现之后，开始打电话给我，发出威胁，说想要他剩下的钱，但是我没有理会。我有很多更大的问题要解决，没空理他。离开酒吧之后，我就有了很多时间来思考自己的处境，这时我才意识到他在整个交易中坑我坑得有多严重。多家供应商都跟在我屁股后面追债。因为我一直在定期还他们钱，所以现在总共只剩下13000镑的债了。我听说酒吧老板到处跟别人说我"狗屁不是"，说他"对付得了我"。大约一周之后，我决定对此采取点行动。我打电话给他。

"把我最初的7000块还给我。"我对他说。我想如果我把那笔钱要回来，感觉就不会这么糟糕了，还能还清一部分债权人的债。同时，我费尽千辛万苦才筹集到的7000块钱，我认为我应该拿回来。"我这就过去拿。"

他只是大笑了一下，就把电话挂了。他幻想自己还算强硬，不就是因为他在酒吧行业里混嘛，我才不会上当呢。我需要帮助，于是我打电话给我之前的联系人，也就是给过我手枪的那些人，解释了一下事情的经过。他们知道我开了酒吧，开业的时候还祝福我一切顺利。酒吧不在他们的地区，所以跟他们没有竞争关系，他们不受影响。他们问我要了他的电话号码，说给他打个电话。半小时后，酒吧老板给我回了电话，声音里洋溢着愉悦和友好，他建议我们见面把问题解决一下。似乎我那些朋友的一个电话就足以改变他的整个态度。

"我们需要找个中立的地方，"他说，显然很担忧他接到的那个电话，"还有，需要别人在场。"他提出了一个我们共同的朋友的名字，就是第一次介绍我们认识的人。

两个小时后，我们三个人在一家酒馆的停车场里见了面。他坐在车后排座上等我。我上车坐在他旁边，无视他伸过来的友好的手。

"你他妈的把我害惨了，"我说，"我就该马上一枪崩了你。"他不知道我有生之年再也不想看见手枪了。我想，有关我过去所做的事情的传言最终还是传到了他耳朵里，他似乎很认真地对待这个威胁。

"当然了，"他说，脸上堆满了微笑和情理，"这都不是私人过节。这只是生意嘛。"

这句台词我已经听得想吐了，人们以为只要被叫作生意，那么欺骗别人就是公平的。

"接下来这样，"我接着说，"你接手那13000镑的债务，保险箱里的钱归我。"

我知道这样处理的话，我就可以从酒吧债务中全身而退了，然后就可以集中精力规划好下一步，全神贯注努力还清我个人的债务，自从买了房子之后，这些债务一直悬在我头上。

　　他同意接手酒吧债务，我现在摆脱了酒吧，但是没有完全摆脱债务。如果我不想再次回到起点的话，就必须想出别的办法赚钱，要迅速。在酒吧的那九个月，让我尝到了运营自己的生意的味道。我去见了一家啤酒厂的人，问他们是否愿意给我一个职位，但是我还太年轻，还不满二十三岁，对他们来说，我还没有足够的经验。

　　我从整个经历中学到了一件事情：一个人的真朋友有多么屈指可数。艾伦过去一直对我说，你有多少真朋友，一只手就能数过来，现在我明白他是对的。当我是酒吧老板的时候，似乎有几百个朋友，但是酒吧没了之后，他们也没了。那些一直在我身边的人，是我买下酒吧之前就认识我的，他们跟我做朋友是因为我，而不是因为我的工作。

第二十三章　在边缘生存

　　那夜我吐了炸鱼薯条，后来证明不是个独立事件。我的暴食症越来越严重。大多数人认为这种疾病只会发生在女人身上。他们错了。我太迫切想要成功、想维持生存，所以不得不把自己所有的担忧和紧张压在心底，让自己表面看上去很冷静。不管是扮演举枪的狠角色，压制偷车的焦虑，还是试图勉强维持一家已经负债累累的酒吧，对于一个没有任何人可以信赖的人来说，压力都是巨大的。我内心时常处于崩溃的边缘。我会吃下过多的食物，只是为了自我安慰并驱散所有饥饿的报警信号，它们可能会让我想起童年的恐怖。因为感觉有罪恶感而且也不舒服，我吃完后很快就会吐出来。或许我的潜意识一直记得早年在家的饥饿，警告我一有机会就大吃特吃，因为食物可能说没就没了。深夜里，当所有的压力和担心似乎都越积越多时，我吃巧克力，不停地吃，直到感觉饱胀，然后去卫生间吐光，希望回复清爽的感觉。那真是一种悲伤而孤独的生存方式。

　　我坐在曾经温馨如家的房子里，现在它却把我拉入了越来越深的债务，我一连几个小时盯着地板上的几片破地毯，试图弄明白我到底是哪里做错了，感觉我好像又回到了开始的地方。地产市场持续低迷，房子现在已经不值我当初抵押的价钱了。如果卖掉它，因为差价，我还是欠房屋信贷互助会的债。我依然一个人过圣诞节，依然自己给自己买生日礼物，依然挣扎着想办法摆脱债务，更别提什么积累资金实现梦想了。我只想从生活中得到一个机会重新开始，爬上梯子的第一级，但是似乎没有谁准备给我这个机会。跟我做生意的人都试图剥削我，没有人给我一个真诚的机会让我证明自己的能力。我感觉我依然被困在一间没有门的小屋里，就跟我小时候一样。我厌倦了，厌倦了自己犯过的错误，厌倦了自己做过的选择，厌倦了儿时就开始的不断挣扎；但最重要的是，我厌倦了孤独。我没有更多精力战斗下去了。

第二十四章　走投无路

　　我从来没有怕过死，所以我决定结束自己的生命。看起来根本没有活下去的意义了。

　　结束生命的过程以最世俗的方式开始，我去大街上进行了一次采购，从两家不同的药店买了两大盒扑热息痛。我知道，如果我在同一个地方买两盒，可能会引起柜台后面的人的怀疑。我最喜欢喝的酒是杰克·丹尼尔威士忌，于是我给自己买了一瓶，帮助把药片冲下肚子。

　　我权衡了自己可选的多种可能性。我想过到车库里坐在车上，从排气管顺出一条管子通到窗户，但是这种死法好像很不舒服，也很脏。我想过跳进泰晤士河，但可能会有人看见我并试图救我。我不想引起注意。我想象有了这些药片，我只需要睡一觉就会被带走了。这看起来是最体面最简单的死法。

　　我带着刚买的东西慢慢走回家，好像没有什么理由着急，因为我现在只剩下一件事需要做了。我把厚重的维多利亚式前门从里面关上，锁死。别人都没有这所房子的钥匙，但我还是想确保万无一失。我作为一家高人气酒吧的老板时，那么迅速地有了那么多朋友，而在我再次回到孤身一人的状态的那一刻，他们又那么迅速地消失了，速度之快令人震惊。我料想他们都只是熟人，不是真的朋友。

我绝不会哭喊着求助。我不想在死掉之前被发现，这是一个结束一切的决定。我给自己倒了一杯水，上楼去了卧室，从里面把门反锁上。

有一天来过一个不速之客，名字叫彼得。他还是小孩子的时候，曾经跟玛格丽特住在这所房子里，我想他以为她还在。我能看出来他很难过，就邀请他进了门。他看见这个昔日曾经温馨宜居的地方现在如此荒凉，必定非常震惊。他状态非常差。他被女朋友甩了，丢了工作，还深陷债务。他看上去就要自杀了。这是我拿到买酒吧的钱之前的事情了，当时我身上只有大约100块钱。我为他感到难过，所以我把钱都给了他。我当时真的感觉能够为别人做点事很好。现在我明白他当时的感受了。

我房间里有一个小型高保真音响，我播放了一张经典唱片，那是我在一家商店里发现的，里面有多年前科林·史密斯为我录过的一些曲子，包括曾经对我产生了那么大影响的《我将远离家乡》。它没有像我一度想象的那样陪伴我走上赴美的梦想之旅，相反，它要成为我的另一段旅程的背景音乐。熟悉的音乐抚慰着我，在我准备着自己的最后几分钟时为我提供了一点陪伴。我没有拉上窗帘，我不想让邻居们注意到窗帘拉上了然后报警。

我在床边坐下来，吞下一大把药片，喝了几大口杰克·丹尼尔尔威士忌来冲服。几分钟后，我在卫生间里把它们全都吐了出来。显然这样是死不成的。我决定忘掉杰克·丹尼尔，就着白水吞服剩下的所有药片。我回到卧室，重新开始吃药。我吞了太多，药片的锐利边缘卡在往胃里走的路上，让我胸口生疼。当药片都下去之后，我躺在床上，感觉一股睡意席卷了全身。我的身体开始放松，意识似乎飘远。我知道自己进入了深度睡眠，眼泪顺着脸颊无声地流下来。一切都那么令人失望，而现在我要走了，再也不必担忧或挣扎。我觉得这是最大的解脱。

第二十五章　醒来

　　我看见房间的天花板在我头顶上慢慢移动。我渴得要命。在混沌中，我以为自己在一个新的地方，但是等我的头脑清醒之后，我意识到自己其实只是从一次顶多算服药过量导致的昏睡中苏醒过来。我没死成。那些药片不足以结束我的生命，但是它们让我无法移动甚至无法清醒思考。我一动不动地躺了很久很久，昏昏欲睡，倦怠无比，动弹不得，就像我当初即将进入这场长眠时的感觉。

　　我想必睡了有两天。因为不知道我躺下的那天是周几，所以醒来后也搞不清楚过了多长时间。我从来不是个深度睡眠者。从我当年去大街上寻找牛奶马车的那些日子开始，早晨我在床上从来躺不住。一旦醒来，必须起床。但这次不一样。我猜想我的身体筋疲力竭，正好需要药片给予的那些睡眠。口渴的感觉无法忍受，我得喝点什么缓解一下。我费了九牛二虎之力坐了起来，等到房间差不多停止旋转，应该能够站起来不致摔倒了，就拖着身体下了床。短暂的摇晃之后，我设法找到了平衡，慢慢走向卧室门，小心翼翼地将一只脚放到另一只前面。由于用药过量、昏沉、虚脱，我依然很难将思维集中到足以打开卧室的门，弄不明白怎样转动钥匙。当我拖着沉重的步子下楼找水时，几乎一点力气都没有了。

　　喝足了水之后，我爬回床上，又一连好几个小时反反复复睡去又醒来。在我醒着的那些时刻，我开始考量局势。如果我没有死，我就要采取一些非常确定的步骤让生活回到轨道上。事情突然看上去清晰了很多，也没有那么无望了。或许我所需要的只是一次彻底的休息，而我碰巧给了自己这样的休息。是时候更加客观而积极地看待事情了。现在我或许能够再蓄精力，重新开始奋斗，重起炉灶，追寻从儿时起就赖以生存的梦想。我躺着，想着美国，想着我曾梦想有一天能去那里并找到自由和幸福。我想起了自己曾多么满腔热情地想成为一名期货交易员，却不知怎的就在熙熙攘攘中迷失了方向，只是试图生存，试图筹集到资金，我依然相信资金是我成功的通行证。

　　"好吧，"我心中默念，"你又得到了一次机会，这次你不能浪费掉。"

　　我在紧锁的大门后面待了大约一周，积蓄了体力，从药效中恢复过来。休息得很好，我现在看事情更清楚了。

　　我把真朋友列了个清单，那些伴我走过起起落落而不离不弃的人。我体力恢复后，一个个给他们打电话，假装什么也没有发生过，还是那个乐观向上的自己，看看他们最近过得怎么样，就像好哥们儿一样聊天。

　　我现在已经准备好重新开始向上奋斗。

第二十六章　重新开始

我做的第一件事就是咽下自尊，去申领失业救济金。我从来没有想过要走那条路，因为我目睹过它是怎样降低了格洛丽亚的身份，又怎样通过她降低了我们其余人的身份。我不想成为那种因为不能自立而只好依赖政府救济的人。我一直觉得过去每周的政府救济支票是我们的一个问题，而不是一个解决办法。我想独立于任何政府救助之外。但是现在该现实一点了。他们会给我一些现金，这样我就可以吃上饭，让自己再次回到路上。让我惊愕的是，我进去找他们并提供我的详细资料之后，发现他们也会为我支付抵押贷款。这又给我多赢了点时间。

几周之后，一个朋友告诉我，他认识两个人想租个房间，问我感不感兴趣。要不是担心房子被收回，我早就这么做了，但当时似乎不能选择这样做。而且那时我正在千方百计地忙着做生意，不希望家里有其他人，我需要隐私和保密。当然，现在我看得很清楚了，那些都是胡扯。

那两个人搬了进来，两周之内房租就进账了。我得以停止领取失业救济金，立刻感觉好多了。我又开始荡起了生命的秋千，口袋里有了一点租房所得的现金，让我做成了一些更好的交易，买进卖出，就像我经营酒吧生意之前那样。

一天晚上，当我和一些熟人坐在一家酒吧里时，发现舞池对面有个金发女孩，和一帮朋友在一起。她真是光彩照人，我们目光接触，就像你听过的关于男孩遇见女孩的所有陈词滥调一样。那种情景每一天每一秒都在全世界的酒馆和酒吧里上演，一个男孩看见了舞池对面的一个女孩，然后喜欢上了她的样子。陈词滥调不假，但并不因此而减少一分兴奋。当时我在女人面前还害羞得要命，尤其是看过了酒吧里上演的那种行径之后。但这次，我知道自己必须鼓起勇气采取行动。我不能冒险让这个夜晚就这么过去而我还没有接触过她。如果我还没有拿到电话号码她就离开了，那我就可能永远也见不到她了。这话听上去十分老土，可即使我还没有跟她交谈过，我就知道她就是那个"特别"的人。

　　我用眼睛的余光观察着她，因为我试图在朋友面前表现得自然。我努力鼓起勇气想穿过房间请她跳舞，但想到可能会被她拒绝，我就无法面对。可能她不想跳舞，或者不想离开桌子和她的朋友，那样的话我的机会就告吹了，而带着受伤的自尊穿过酒吧地板走回来的路会很长。然后我看见她站了起来，朝卫生间方向走去。她路过我们的桌子，我跟她说了句话。她回过头微笑，也说了句话，然后继续走了。我的心跳到了嗓子眼，站起来跟着她出去了。我现在是豁出去了。我得进行到底。至少，如果她在外面拒绝我，我还不至于在整个酒吧面前丢人。我们聊了一会儿并交换了电话号码。我们站着聊了一段时间，除了其他的情况之外，我还了解到她的名字叫洁姬，做私人助理的工作，目前没有任何稳定的恋爱关系。

　　她告诉我这个周末她不在，所以我等到周一才给她打了电话。我打过去，约她出来，她同意了。我们约会了，在那一刻我知道我找到了自己的灵魂伴侣，一个好朋友，一个我想与她共度余生的人。最开始的陈词滥调——男孩穿过拥挤的吧台发现了一个他喜欢的女孩，现在发展成了另一个陈词滥调，我无可救药地坠入了爱河。我无法相信她那么好，漂亮又性感，友好而平和。她那么美，那么自然，让我吃惊。我们在一起的时候，她从来不问有关我的过去和现状的难堪问题，只因为我现在的样子和我本人而接受我。随着我们的关系不断发展，我们依然是好朋友兼情侣。我还在被暴食症折磨，但我设法向她隐瞒了这一点。我们在一起的时候总是开怀欢笑。我这辈子从来没有遇到过像她这样的人，她改变了一切。

洁姬的家庭跟我的很不一样。虽然她的父母离婚了，但他们两个都是善良友好的人，尽心尽责把她养大。他们好过格洛丽亚和丹尼斯一万倍，而且他们没有一刻犹豫就接受了我。他们显然相信女儿的判断。对他们来说，只要洁姬觉得好就够了。

突然进入这样一种认真的关系，让我明白了关于自己的很多事情，包括一些琐事。直到我跟洁姬出去吃饭，我才意识到自己吃饭有多快多贪婪，我已经全部吃完了，她才吃到第三口。肯定是源于多年前我和韦恩尽快地猛吃东西，不嚼就咽下去，担心如果不快吃，有人会抓住我们并把食物夺走。想必我吃东西的方式也导致了每顿饭后所经历的饱胀和不适感，促使我把食物吐出来。类似这种事情洁姬会给我指出来，我们会就此开开玩笑，但也有一些其他方面的行为是她觉得很难跟我讨论的。我们确定关系三个月之后，她打电话来说不想再继续跟我约会了。我一头雾水。不是一直都挺好的么，她怎么会突然想结束这段关系呢？这是个毁灭性的打击。

"好吧。"我说，不想表现出这个消息令我多么震惊，也不知道怎样问她为什么做了这样一个激烈的决定。

整整一周我都生活在痛苦之中，想着我失去了唯一一个真正想要的人，知道我永远不会再遇到像她那样的人了。这段关系让我最深刻地体会了被抛弃和失望的恐惧。我再次领略到生活可以多么美好，可转眼我的快乐就被夺走了。那周结束时，我意识到自己不能就这样接受。我必须弄清楚是什么让她做了这样一个糟糕的决定。我打电话过去，问她我做错了什么。

"你从来没有向我表露过任何爱意，"她解释道，"比如我们在街上走，你都不跟我一起走，也不拉着我的手，你就自己在前面大步走，让我在后面跟着。凯文，我真的爱上你了，可是你没有做出任何你爱我的表示。"

当她跟我说这些事情的时候，我意识到确实如此。我确实是这个样子，我也从来没有想过。现在她指了出来，我知道她是对的。这是我第一次和别人有真正的、成年人的关系。我没有经验可以借鉴，不知道该如何处理。我从来没有见过自己的父母相互表达爱意，而艾伦和玛格丽特虽然婚姻幸福美满，但是我见到他们的时候，他们已经不在最初的年轻浪漫的激情阶段了。我发现想要表露爱意是不可能的。我想，如果一个小孩被自己的双亲排斥，在他内心深处某个地方必定就会关上一些门，来保护他日后免受痛苦侵袭。不管我多么希望打开这些门，我都不知道该怎么做。我还会莫名其妙地吃醋。找到洁姬之后，我是那么害怕失去她。如果她跟一些女性朋友夜里出去玩儿，我就会想象自己在酒吧里目睹的那种事情。尽管我知道她不是那种人，尽管我信任她，可还是不能把那些画面从头脑中赶走。以前这等好事从来没有在我身上发生过，一想到可能失去它，我就无法忍受。

我们谈了一直隐藏在我内心的一些事情——虽然从来没有谈及我的童年，洁姬放过了我，我得以告诉她我有多么爱她，多么想和她共度余生。我无法相信自己险些因为纯粹的无知而失去她。每当人们看见我现在所拥有的一切并说我"走运"时，我总是认为他们都错了。我现在相信，你必须自己去创造自己的运气。你必须努力工作，如果你的生活中有你不喜欢的事情，你就必须改变它。但是，假如说我有一丁点幸运的话，那就是发现了洁姬，我会永远为此而感激。她一出现在我的生活中，一切就都好转了，并不是瞬间好转，但情况真的是越来越好。

我又开始寻找正常的工作，这样我就可以为洁姬早点解决房子问题，内心希望她有一天能永久搬过来。我看到一则广告招人卖复印机，这个行业我有些经验，于是我过去面试。公司位于东伦敦的波瓦地区。我知道自己擅长卖东西，他们希望付提成，所以他们很高兴有人能给他们带来生意。鉴于我过去的记录，我觉得自己在一段时间内不太可能从别处拿到更好的报酬了。但是在开始工作之前，我还是先跟他们谈了我的要求。

"我会为你们努力工作，我会替你们赚到钱，"我说，"但是永远不要打我工资的主意。如果我赚到了提成，就付给我。永远、永远不要耍我。该给的，就要给。"

我回归正途，接着做销售。事情一点一点地豁然开朗起来。我解决了抵押贷款的问题，所以失去房子的危险不复存在了。我让房客们搬走了，这样洁姬就可以搬进来。我们先有一个不错的地方住着，等有钱了再慢慢修缮装饰。

尽管面试的时候已经发出了警告，我工作的公司还是开始在我的钱上做手脚，该付的钱不付，他们一贯会这样的。我一开始并没有大动干戈，只是一有机会就不停地催促他们付我钱。

第二十七章　自毁的按钮

过了最初的磨合期之后，我和洁姬的关系发展得非常好，我几乎无法相信自己的运气。我们似乎在每件事情上都完美合调。其中一件我们百分之百意见一致的事情是：我们都想要孩子。我们都还年轻，所以不是特别着急，但是我们没有采取任何避孕措施，希望顺其自然。我一直觉得自己可以做个很棒的爸爸。这些年来我见了那么多反面例子，我确定自己能够吸取经验，把我从未拥有过的一切都给我的孩子们，包括物质上和精神上的。我猜想，我也期待着自己有机会再经历一次童年，一个正常的童年。

当洁姬告诉我她怀孕了的时候，我充满了兴奋和喜悦，几乎无法忍受孩子降生之前数月的漫长等待。那么长时间以来，我一直在憧憬做父亲的喜悦。我们都很快乐，感觉一件非常特殊的事情正在降临。然而两个月之后，当我亲眼看见洁姬肚子上微微的隆起时，我感觉深深的恐惧。魔鬼出现在我的脑海里，害得我午夜过后无法入眠。从未有过的担忧和焦虑折磨着我，把我吓出一身身冷汗。我会怎样应对成为父亲这件事？我会不会成为我父母那样的人？正确的事情从未在我身上发生过，我怎么知道怎样去做？我听过太多这样的故事：那些虐待孩子的人，大部分自己都被虐待过的。要是我沿袭了同样的模式并发现控制不了自己对孩子的情绪怎么办？要是我控制不住打他们怎么办？我会不会像我的父母一样，变成一个无法控制的、怨毒的、可恶的父亲？假如这种事情发生，我将无法面对。

百分之九十九的我想要孩子，比什么都想要，但是百分之一的我却害怕变成父亲之后会是什么样。随着日子一天天过去，这百分之一越来越强地掌控了我的大脑。我知道我可以做一个好父亲，但是负面思想折磨着我，驱使我越来越自闭，越来越疏远洁姬。我不能把自己的恐惧吐露给她，因为我永远找不到语言来解释过去发生在我身上的事情让我觉得自己会成为一个魔头。于是我开始疏远她，一头扎在工作里，和朋友们在外面待到很晚，不愿回家面对自己的恶魔。我喝酒越来越凶，一般都喝杰克·丹尼尔威士忌。我爱洁姬胜过任何东西或任何人，我恨自己不能告诉她出了什么问题，但是我知道不能告诉她我的过去。我想对她解释这一切，但我觉得太丢人，找不到语言，开不了口。

我的行为显然让洁姬茫然不解，但是如果她问我怎么了，我只是回答"没事"，然后更深地撤退到自己杂乱的内心里，变得越来越疏远。洁姬是个完全不爱争辩的人，所以她从来没有追究过这个问题。她开始频繁地回娘家，不愿意独自一人留在家里等我。到后来我们只在周末的时候才彼此见一面。她越来越伤心，这让我更加生自己的气，因为我居然这样对待她。她无法理解我为什么行为如此怪异，因为她知道我和她一样想要一个孩子。她不明白为什么我们的美妙关系突然之间变得如此糟糕。

我的紧张不安越来越严重，自从恋爱之后已经变得不那么严重的暴食症又卷土重来。我差不多每顿饭后都要呕吐，这是我对洁姬隐瞒的另一件事情。我不想面对事实，不想看见她眼睛里的反应。我成功抑制了多年的童年时期的一些情景在我脑海中不断闪回，让我的夜晚更加焦躁不安，我的恐惧越来越严重。

我越来越疏远了洁姬，总的来说，其实也疏远了生活。我永远不想伤害任何孩子，一想到我有可能这样做，我简直快疯了。我在跟自己较劲，也在赶跑我最爱的那个人，但我对此似乎无能为力。

一天夜里我跟几个朋友喝酒，我估计喝下了足足有一瓶杰克·丹尼尔威士忌。一个我有点认识的女孩向我表示了些爱意，我上钩了。我可以找出各种各样的理由，比如喝太多或者压力太大，但都没有意义。这是我做过的最糟糕的事情，没有借口，也怨不得别人。我本来可以说不的，但是我没有。记得艾伦曾经开玩笑说，"真正强大的男人就是那种面对赤身裸体的女人也能走得开的人。"我很懦弱，羞愧难当，不知道该怎么办。

结束的那一刻，我想起了洁姬，我的胃里翻江倒海。我知道我做了最坏的事，我自己都恶心自己。我内心充满了对自己的痛恨，甚至无法面对镜子里自己的脸。我变成了自己最鄙视的那种人。

罪恶感沉重地压在我身上，那么沉，我知道我永远都无法承受。我对洁姬的爱是那么深，我永远不能对她撒谎。我与自己抗争了很久很久。我们那么需要对方，但是我的行为却令人无法接受，我不能勇敢面对心中的恶魔。我感觉自己被困住了。

我必须做点什么，要不然这会毁掉我们两个。我理所应当受到惩罚。我意识到如果我还想让我们的关系有机会存活下去的话，就必须要向洁姬坦白。我不能奢望在对她撒谎隐瞒了任何事情的情况下，与她生儿育女并共度余生。我知道这样做很残忍，但是我连最糟糕的事情都已经做了，瞒着不说只能是罪上加罪。我可能还没有对她讲我的过去，但我永远不会对她撒谎，而且我知道永远不能这样做。尽管我害怕失去她超过一切，但我必须控制局面，面对后果。

我深刻地反省了自己，确定恶魔只是我的一小部分。我是个更好的人。我可以做一个好丈夫、好父亲，但前提是我必须先尽可能诚实地处理好这个局面。我把自己的所作所为告诉了洁姬。看到她的眼泪，我的心都碎了。我那么爱她，那么渴望跟她和孩子共度余生，可现在我却因为纯粹的愚蠢和懦弱而让整件事情都处于危险境地。她显然想离我远点，直接搬回娘家去住了。

我彻底意识到自己对她做了多么恶劣的事情，也意识到自己身处何等的险境。我有可能会失去一切，最终失去洁姬和我的孩子。我必须想尽一切办法让她相信我爱她，让她知道她不在的时候我有多么想她。我必须克服对自己会怎样对待孩子的恐惧。尽管我们不住在一起，我还是确保每次产前检查都陪她一起去。我把自己能拿出来的每一分努力都拿出来，向洁姬表明我多么后悔自己犯的愚蠢错误，多么想成为世界上最好的父亲，照顾好她和我们的孩子。我想让她知道我愿意竭尽全力让我们的关系重新好起来。

气氛一点点地有了改善。她的宽容令人难以置信。假如换作是她做错了，我会永远无法原谅这种背叛。她是我遇到的唯一一个不会让我紧张不安的女人。如果她背叛了我，我会永远无法恢复的。但是她比我坚强，而且随着我们小心地重建这份关系，它似乎发展到了另一个层次。看到洁姬怀着我们未出世的孩子，这把我们拉得这么近，似乎我们进入了彼此的灵魂。我们的爱和洁姬的宽容，让我看清了她事实上是一个多么不可思议、多么有爱心的女人。我们相亲相爱，似乎有一辆推土机粉碎了我所有感情上的障碍。我知道是我一个人造成了所有这些问题。

我依然无法对她解释遇到她之前发生在我生命里的那些事情，但是至少，我向她暗示了我的童年有些问题，所以我很害怕自己会成为一个不好的父亲。我承诺说，总有一天我会感觉自己能够对她坦白一切的。没有多少人会那么善解人意地就这样算了，大多数人会要求知道整个故事。他们会觉得经历了这样一次背叛之后，应该得到一个完整的解释。洁姬知道我也希望能够对她讲讲我的恶魔，但是由于某些原因，我说不出口。她很努力地说服我我会是一个好父亲，而我则很努力地说服她我爱她并希望和她组建家庭。她的仁慈和宽容挽救了我们的关系，也找回了我的生活，否则我的生活在当时会陷入彻头彻尾的混乱。那段时间里她处理问题的方式，让我比以往更加钦佩和爱慕她。我们变得更亲密、更相爱了。我发现我开始不再总是担忧如何应付婴儿了。恶魔的声音似乎在我的心中变得越来越微弱。

她从娘家搬了回来，我们开始收拾房子准备迎接新生命的到来。婴儿室看上去棒极了，墙上贴满了毕翠克丝·波特①的图画。她挽救了我们的关系和我们的未来，也把我从我自己手中拯救了出来。

---

①毕翠克丝·波特（1866 – 1943），英国著名儿童读物作家、插画家。——译注

第二十八章　完美结局

　　洁姬第一次看见我哭是我在医院里站在她身边抱着我女儿的时候。我感觉那么幸福。我这一生都在希望成为别人。此刻我不想成为任何人，只想做我自己。我拥有世界上最棒的女人，现在我又多了个完美的宝贝女儿。

　　她那么小，那么柔软，脸蛋因为将近二十四小时分娩的努力而那么紫。我控制不住地哭泣，一部分是因为抱着自己的宝贝女儿的喜悦，一部分则是因为放下心了，我意识到我绝对不可能伤害她一根头发。就像我初次遇见洁姬时就知道，自己不管怎样永远不可能打她或骂她一样；现在我知道，我的女儿在我的呵护下会绝对安全。我明白了自己以前的那些恐惧有多么愚蠢，它们在我脑中被夸大了，我哭得似乎永远停不下来，双肩因为啜泣而起伏，所有的压抑都被潮水般的感情一扫而光。

　　当我们回到家并开始认真照顾我们新生的宝贝女儿时，我极度渴望把每件事情都做对。我想和自己的父母完全相反。但是当我轻轻摇晃臂弯里的她，试图哄她睡觉时，我才发现我一首儿歌也不会唱。于是我认真地坐下来学习。我希望尽可能地成为一名完美的父亲。尽管音乐在我的生命中有巨大的影响，也尽管我抓住每一个可能的机会听音乐，我还是唱得很烂。但是我和我女儿都不在乎。我只想哄她，而她也想被哄。

我努力卖东西，保证钱源源不断地进来，而且我也没有忘记有朝一日要当交易员的梦想，但是我一路上总有别的想法。有一次，我在地产杂志《不动产报》上投放了一则广告，寻求 2.5 亿英镑，想购买一个房地产投资组合。我接到了四五十个电话，他们想了解更多情况。有些是大公司，也有小公司。我还只有二十四岁，不论知识还是阅历都无法说服他们当中的任何人再向前迈一步，只有一个投机商人例外，他建议我们在伦敦见个面。他就是我梦想成为的那种人。他让我想起了自己想成为什么人，应该把精力集中放在什么上。他有两次低谷，但都重新站了起来，继续奋斗，这才是我最钦佩的——当你被打倒之后依然有勇气振作起来继续奋斗。

为了完成年底的目标，有三个月的时间工作强度很大，我们设法完成了目标，可他们却没有按照约定为我额外的努力付报酬。一开始我保持耐性，因为现在钱不像以前那么紧张了，我也不再淹没在债务中，但是当我跟他们要钱要了足足六个月之后，我确定自己是被耍了，我已经给过他们足够的机会付我钱了。他们不了解我的过去，虽然某天晚上我们出去喝酒的时候，我给了某人一拳，因为他叫我傻瓜。所以他们应该也猜得出来我不希望永远被耍下去。

我每天早上都是七点钟之前就开始工作，某天早上当老板进来的时候，我像往常一样问他我的钱在哪里。

"我现在能跟您谈谈吗？"我问。

"凯文，"他说，没有停下脚步，"我晚些时候再跟你谈这个。"这是在堵我的嘴，我不想再忍了。我能看出来，只要我不采取措施，他就会永远这么拖着。

我再一次打电话给过去帮过我的那些朋友，两天后，四个人坐着一辆车停在了我们办公室的外面，等着我打电话叫他们进来解决问题。我得为他们的时间付费，但是如果我能拿到我的钱，这也值了。我不能相信我依然不得不借助于这种战术，只是因为没有人会把他们欠我的钱付给我。然而，他们可能再次给自己找这样的理由，"这只是生意嘛，又不是私人问题"，但是我受够了不得不做这种生意。

我走进老板的办公室。

"早上好，凯文。"他说。

"我想跟您谈谈。"我说。

"现在不行，凯文。"他说，继续埋头他的文案工作。

"如果您现在不跟我谈，我就叫外面车里的四个人过来揍得你满地找牙。"我示意了一下窗户。

他先是愣了一会儿，不确定我是认真的还是开玩笑。他站起来走到窗前，往外看去，看见了那辆车，而且很容易就能看出来坐在里面的是哪种人。

"你为什么要这么做？"他问，那种口吻就好像我以某种方式背叛了我们的友情。

"因为你拿我的钱开玩笑，"我回答，"这都几个月了，我一直在催你，但你就是不把欠我的钱付给我。"

"你想让我怎样？"他问。

"我只想让你把欠我的钱付给我，从去年年底我帮你们赚了那些钱开始。"

两个小时后，他们给了我 5000 块钱，我可以支付车里那些人了。

"我觉得你不能再为我们工作了。"交易完成后，老板说。

"是的，"我同意，"我也觉得不能了。"

"等等，"他的搭档打断我们的话，"这件事我们还是再谈谈。"他们知道我工作努力，也为他们赚了钱。经过一番热烈的讨论之后，他们要给我一个新的工作。

"听着，"我说，"我要跟洁姬去度假。我回来之后再告诉你们我的决定。"

我这一生从来没有好好度过假。我们的女儿八个月大了，洁姬的妈妈很乐意照顾她。我们两个都需要休息一下。我们去了马尔代夫，那里想必是世界上最有田园诗风情的热带天堂。完美无瑕的白色沙滩上的小木屋，蓝天碧水。我从未见过如此的安宁景象。我这一生都在冲来撞去，过于紧张亢奋而不能坐下来哪怕几分钟，但是在那里我终于放松下来。我甚至读了人生第一本书（约翰·格里森姆的惊险小说）。我居然能够从头到尾读下来，这令我开心不已。我每天花好几个小时来听听音乐、清理思绪。我感觉终于准备好正常开始自己的生活，把一切不好的事情都抛在身后。我对洁姬讲了自己经济独立的愿望，当我在那么完美而祥和的环境下对她讲述时，我意识到我现在足够成熟、有经验，也足够安定了，可以开始将我的愿望变成现实。坐在那座荒岛上，离家千万里，我能够清楚地看到现在一切都可以改变——平生第一次感觉到彻底的放松和爱。尽管此地完美，我们两个还是深深地思念我们的宝贝女儿。

从马尔代夫回到英国之后，我开始认真研究金融市场和交易业务。此外，我能拿到什么就读什么，只要能全方位增长我的知识。我感觉我有二十五年的知识要补，从为女儿学唱的儿歌，到金融战略的复杂概念。但是还有件事情依然没做。我对洁姬的爱是有生以来发生在我身上的最好的事情，每次想到她，我就心神难安。我意识到是什么事情没有做，于是我向洁姬求了婚。洁姬答应了。

我决心把它办成一场盛大的浪漫婚礼，向全世界表明我们多么相爱，让它成为我们所有人都将铭记的一天。洁姬的家人都收到并接受了邀请，但是我这边有个问题。我的邀请清单上有朋友、兄弟姐妹，就是没有格洛丽亚和丹尼斯。我对自己的过去感到丢脸，邀请他们这件事让我惶惶不安。很自然地，洁姬好奇为什么邀请清单上没有我的父母。她知道过去发生了些事情，但是不知道是什么事情居然能阻止我的父母出现在我的特殊日子。当时我觉得还没有准备好也不能够告诉她我的过去，所以还是干脆邀请他们比较容易一些。不过同时我也希望他们过来一下，向大家证明我确实有个家，只要一天就行。我内心有一部分其实也急切地渴望一个正常的家庭婚礼。

我梦想拥有一个完美的婚礼日，有爱我支持我的父母在场，就像世界上每天都在发生的婚礼一样。我梦想我的父亲在场给我建议和支持，梦想我的母亲、未来的岳母和洁姬聚在一起安排和组织这有魔力的一天。格洛丽亚和丹尼斯，还有我所有的兄弟姐妹，都收到了邀请。当然除了罗伯特，因为没人知道他在哪里。我知道丹尼斯太内向而无法面对这么多人，但是格洛丽亚来了，带着我的哥哥和妹妹们。

婚礼在一所漂亮的旧式乔治亚房子里举办，我们在院子里的大帐篷里举行了招待会。婚礼上，格洛丽亚非常安静，一整天都被她的孩子们围着——我们几乎没有说话。但这一天最重要的是——除了洁姬和我的宝贝女儿——我的哥哥韦恩陪伴着我。我们是真正的朋友。我的妹妹们似乎也很享受这一天——对她们来说，这是个逃离自己的艰苦生活的机会。

有了女儿三年之后，我们的宝贝儿子降生了。我无法相信自己的运气这么好。现在我有两个完美的孩子。抱着自己的小复制品，我意识到我心里还是有恶魔需要被驱逐出来，但那时还不是时候。我只顾着忙忙碌碌以保全我们的未来，无暇研究情绪问题。我回到了之前的复印设备公司工作了两个月，只是为了证明我的能力，然后我离职自立门户。我现在知道了，为别人打工是永远赚不到我所需要的钱的。我必须掌控一切，这也就意味着我要开自己的公司。

通讯和技术的繁荣正如火如荼，于是我决定进军为公司安装通讯系统的生意。我对通讯完全一无所知，就像我对洗衣机或复印机或酒水生意一无所知一样，直到我涉足其中才有所了解，但是我很懂如何投入时间、如何销售。我头一天刚离职，第二天就花 1 英镑成立了西奈科斯电信有限公司并开始打电话给已列在我的地址簿上的公司了。

开始的时候我只是在家拿起话筒打电话，看看能否找到需要产品的人。大多数电话都是没有成果的，但是我开始对市场有了了解。我需要拿到一个代理权，我手头还有几千英镑存款。我去找爱立信，问他们是否可以代理他们的产品。我能看出来他们以为我只是又一个梦想家，只要听到获得代理权所需的承诺条件就会立刻放弃。他们告诉我在经营场所和人员培训方面具体需要什么，齐备之后才会同意我销售他们的产品。他们显然没有想到会再次听到我的消息，但是我现在有了目标了。两个月之后，我在克罗伊登的普尔雷路租下了经营场所，雇好了工程师，而且那时我已经知道了几个想买通讯系统的人。爱立信同意给我代理权。不到三年，公司已经拥有员工四十余人，营业额将近240万英镑。

我在办公室努力工作的同时，还和洁姬一起修缮玛格丽特和艾伦的老房子，把它装修成整条街上最好的房子。最后，当房地产市场再次兴旺的时候，我们把它卖了个好价钱。在我从玛格丽特手里买下它六七年之后，我们终于能够搬家了。虽然装修完之后，它成了一座非常漂亮的房子，我还是急着搬走了，把过去所有不开心的记忆都留在身后，去别的地方重新开始。我在报纸上看到一则小广告，是一所仿乔治亚风格的房子，我自己过去看了。它挂出来已经很久了，但是还没卖掉。房子在一条死胡同的尽头，路边全都是在美国电影里看到的那种完美的家庭住房，门旁是白色的柱子，光滑的绿色草坪一直倾斜到路上。房子前面立着一棵四十英尺的松树，就是它让我打定了主意。我简直能想象圣诞节的时候在上面挂满彩灯的画面，就像童话故事一样。我完全爱上了这个地方。

房子本身状况非常差了，之前是一对老夫妻在住，很多年没有修缮过，但是我能通过它现在的样子看到它可能的样子。洁姬看到我们需要多少工作才能把它装修到我们老房子那样的标准时，她哭了，但是当时我着魔了一样想象着它在圣诞节的样子，她劝不住我。这是一所理想的家庭住房，我努力让她相信我们可以把它变成天堂。

我唯一的爱好就是动嘴皮子，每天早上、中午和晚上都靠动嘴带来生意。我们赚到的所有利润，我都投回到生意上，并严格控制财务。我们是一家专业的公司，很多高质量的客户都很信任我们。我确保给任何人的钱都按时支付。我想得到好名声：一个总是信守诺言的人。这个行业发展太快，以至于每个人都有上升空间，我愿意比任何人都更加努力地工作，竭尽所能赢得生意并服务客户。我们和一些知名公司签订了很多大合同。我有一个销售团队，但大多数的销售还是由我亲自做。做得很辛苦，但是我为自己取得的一切感到骄傲。我在公司又成立了一个部门，负责销售呼叫时间和线路租用。

我计划扩张到全国，但是很难招到人，因为这是繁荣时期，大公司给的薪酬是我们永远没法比的。我遇到了一整个团队的销售人员，他们愿意为我开一个伯明翰办公室。他们是从一家竞争对手那里出来的，是一个很有经验的团队，他们告诉我也会把客户都带过来。我没有理由不相信他们，于是我们开了一个伯明翰办公室。承诺的销售额没有兑现，我们的日常开支却猛增。我犯了一个致命的错误。现在伦敦办公室和伯明翰办公室之间有了摩擦。我跟一家风险投资公司讨论过投钱的事情，想让它在证券交易所上市。他们对我们的业绩记录印象深刻，但事情并没有成。市场在转变，繁荣时期接近尾声。当我发现我们正在陷入麻烦时，我决定采取回避行动。我打电话给我们正在投标其业务的一家房地产公司的董事长，建议他买下我们的全部产权。他们提供服务式办公室，有大约七千名客户，正打算把我们的服务植入所有公司。我非常坦诚，告诉他我想关掉伯明翰办公室以减少损失，然后把伦敦业务卖给他。

我们开了个会，他原则上同意以合理的价格购买我的公司，但是他让我不要关掉伯明翰办公室，因为他们的总部就在那里。

我是那么高兴，我所有的梦想都要实现了。最后我将拥有我一直渴望的经济独立。我很尊重那家公司的董事长，所以我没有觉得我们需要雇佣昂贵的律师。一切似乎都很顺利。因为伯明翰还在运营，钱出去得非常快，而这笔交易要几个月才能完成。我最后一次过去开会想把一切都定下来，而这时他们告诉我，他们不会买我的公司。当时我已经欠了不少债，因为我一直让伯明翰公司开着并一直养着那个销售团队。

我都不知道要说什么，我现在真的有麻烦了。现在别人也不会再买我的公司了，因为它欠着那么多债。我完全信任他们，完全诚实，现在一切都完了。

"那你们想买哪一部分业务吗？"我问。

"我们要买呼叫时间和线路租用部分。"他回答道，这时我才意识到他们从一开始就只想要这块业务。我告诉他我要想想。

回家的路上，我的一个车轮撞在了路缘石上，走不了了，卡在一个鸟不拉屎的地方换轮胎。所有的梦想都成了碎片，而就在几个小时之前，我还坚信自己是个自由的人。更有甚者，我甚至连轮胎都卸不下来。我感觉很凄凉。

那晚我一夜没睡，踱来踱去试图想出个办法。最后我不得不做了他们想要的交易。我那么生自己的气。我能看出来他们把游戏玩得精妙，说这不是私人问题，这"只是生意"，而我太天真了。我不得不关掉了公司的其他部分，叫来了清算人。我让大家失望了，感觉特别对不起他们。

从某些方面来说我是一个好老板，从另一些方面来说我知道我不是。我擅长给人机会，尤其是那些之前从来没有被给过机会的人，而且差不多总是有回报。但是我不是一个"善于与人打交道的人"。我设想在我很小的时候，这方面的能力就被打没了。假如员工打电话请病假或找我抱怨，我总觉得这似乎都是芝麻大的小事情，我要很费劲才能明白他们的感受。总体来说，我知道如果按自己的步调自己干而不必去担心其他人的需求或伤害他人感情，会更开心。

虽然交易的最终结果是一个巨大的失望，但是我出来的时候还有一些钱，而且我的人生中第一次有了点余钱。我女儿六岁生日的时候，我们带孩子们去了佛罗里达州的迪斯尼乐园，这不仅对他们是一个大礼包，对我也一样。仅仅是对美国一角的小小一瞥，就坚定了我的所有信念：这是多么美妙的一个国家。付给我的钱有一部分是以股份的方式支付，他们告诉我可以随时卖掉。我试图在去美国之前卖掉，但是他们告诉我当时还没解冻，卖不了。然后价格下跌。当我回来之后，我决定为索赔而斗争，因为我觉得自己被骗了。跟律师打交道的压力巨大，但是我下定了决心绝不放弃。最后我再也坚持不了了。我绕过律师，直接去找公司的财务总监，把我的卡放在桌上。他说服我说他们不是故意这么做的，但是他同意找个解决办法。比我当初要卖时所期望的少多了，但好歹有点，而且至少它意味着我可以继续前进并把过去抛在身后。

卖掉公司意味着我终于有了时间可以坐下来想想自己的生活到了哪里、还需要做什么。我发现有了儿子之后，引发了很多和我自己的童年有关的感情，我长久以来一直压抑着它们，现在它们再次冒出了水面。

虽然我生命中想要的一切都有了，而且比自己梦想的还要幸福，可我还是很难过，因为看见他的时候，就能看见小时候的自己。我意识到自己当时有多么无助，多么需要保护，受了多么严重的背叛，那些背叛我的人本该照顾我的。我成功地将我的过去推进了心灵深处的一个小盒子里并封锁了起来，但是现在不可能不想起过去曾经有多么糟糕。当我看见我的儿子那么小那么脆弱，那么依赖我们保护他、照顾他、引导他走向正确的方向时，我再次重新意识到我失去了多少。当我读到虐待和谋杀儿童的案例时，我就理解了自己如何差一点就沦落为报纸上那些孩子当中的一个，这让我愤怒。我知道我需要采取措施，彻底干掉心中的恶魔。

第二十九章　从他人眼中回看过去

1993 年，一个大信封寄到了我家，里面装着一个绿色的硬纸板文件夹，附着一张来自社会福利机构的赠礼便条。没有解释它是什么或为什么寄给我。我瞥了一眼，但当时我不想回忆过去，而它看上去正好包含了档案里的信息。我对它没有多少兴趣，于是没有打开阅读。我把它搁置起来，想着可能回头再看，然后就把这件事给忘了。

几年后，我偶然又看到了它，较为认真地看了看。我意识到这是一份社工访问我家之后写的报告。当他们最终决定要为我找到一个寄养家庭、而我被送到了艾伦和玛格丽特家的时候，这份东西就准备好了。当我阅读时，我又被带回了我家的房子里，突然从他人的眼中看见了我们的全部。画面极其生动，为我讲述了我从不知晓的关于格洛丽亚和丹尼斯的故事。

格洛丽亚，1941 年生，所以她有我的时候大概三十岁。丹尼斯比她小两岁半。丹尼斯五岁的时候被送到了一所儿童之家，他的父亲在战争中被杀，母亲照顾不了他。她三年没有见到他，之后她与一个叔叔同居，此时丹尼斯搬回了家。他十岁的时候，因放火烧草垛而被追究责任，被送回儿童之家，一直在那里待到十四岁。

社工写道，丹尼斯智力有限，身体状况很差，曾于1977年做过睾丸癌手术和输精管切除术，这就解释了为什么他们在布兰达之后没再有孩子。文件上说，他随后被诊断出患有癫痫症，于是因健康原因从英国铁路公司退休。而且显然，当家里生活压力过大的时候，他还患上了牛皮癣。

然后报告将注意力转向了格洛丽亚。显然她是五个孩子中最大的一个，在儿童期和青春期分别经历了两次与家人的长时间分离。她十一岁的时候，因为重度烧伤在医院住了一年；十七岁时，按照《智力缺陷法案》第六部分的规定，再次进入医院。这条信息无疑言之有理。鉴于是精神有问题，她所有的行为虽然不可原谅，倒是更可以理解了。她在那家医院待了大约五年。1974年，当我三岁的时候，她因为欺骗卫生和社会事务部，被判了两年缓刑。这解释了她为什么从来没有得到一个存折用来领救济金，为什么他们总是每周寄一次。

"毫不夸张地说，"一名社工写道，"从各方面讲，这都是一个混乱的家庭。家长的智力有限，对儿童保育缺乏理解且反复无常，造成了一种非常狂暴的生活方式。在现实层面上，这个家庭一贯地面临着问题，处理不好财务，也无法保持家里的干净和卫生。当他们住在新阿丁顿的时候，屋子里曾经充满尿味，孩子们被发现在地板上撒尿。

"在管理方面，这个家庭的记录也很糟糕。家长尝试控制，但不能始终如一，时有过激。对身体的殴打被视为控制孩子的主要手段。所有的孩子似乎都非常活跃、暴躁、喧闹、寻求关注，感觉好像他们在相互争夺仅存的父母之爱（在某些程度上，这种爱非常真实）。由于家长倾向于宠爱特定的孩子，而把其他孩子当替罪羊,这种趋势被加重了。"

我停顿了一下,恢复正常呼吸。替罪羊显然是我和罗伯特的身份。所有的记忆如潮水般涌回来。过了一会儿,我感觉足够坚强,可以接着读下去了。

"吵闹混乱的家庭、有限的抚养能力和物质匮乏,这样一幅画面,为一系列怀疑虐待儿童的报告提供了背景,本部门自1974 年 11 月起就收到了这样的报告,涉及到所有的孩子,尤其是凯文。"

这么说,报告是都递上去了。他们确实知道发生了什么。我每次被打得青一块紫一块的时候,社会福利机构都知道。他们知道我的生活处在危险中,却依然把我留在那里。

报告也提到了他们曾经开过会,但是决定对此不采取任何措施,因为缺乏确凿的证据。它提到了我到亚伯勒之前被送去过的地方,这些地方我都不记得了;还提到了某个寄养家庭把我送回来的记录,因为我对他们家别的孩子有侵略性、粗野、不听话。当我们从新阿丁顿搬出去时,社工报告说他会尝试让我们家对社会福利机构"少些依赖"。

"这不是一项简单的工作,"他报告说,"因为路易斯夫人想方设法要把我拉进他们的家庭生活。她想把我当作一只倾听的耳朵,当发现我不能满足这个功能后,就很不高兴。"

要是有人倾听就怪了。

"走访路易斯家是一项既不容易也不愉悦的任务,因为你会不可避免地被一团混乱的景象包围。噪音水平令人无法忍受,每个家庭成员都是通过尖叫和大喊来沟通的,而不是通过说话。在走访的整个过程中,孩子们不断地要求得到路易斯夫人的关注——仍旧通过彼此相互竞争。当他们没有得到自己想要的答复时，就会马上大吵大闹，让自己的需求无法被忽视。因此，跟他们绝对做不了'关注家庭'的训练。"

报告继续描述格洛丽亚如何是家里的主要发言人，丹尼斯又如何其实只是在幕后徘徊，一讨论到任何略有尴尬的事情，他就溜进厨房里去。

"他给人的感觉是，生活和家庭让他承受不住——我从来没有见他笑过。他看上去总是疲惫不堪、病怏怏、厌烦、易怒。路易斯夫人是个大嗓门的女人，跟她很难进行正常的对话，因为几乎不可能让她把注意力集中在一个特定的问题上，但我去她家可能就是为了跟她讨论这些问题的。由于我跟她的联系不如之前的社工跟她的联系多，感觉我每次看见她，她都非要从头到尾给我追溯一下从上次见面以来的几周里发生在她身上的每一件事情。"然后他们继续谈了一下每个孩子，承认罗伯特是替罪羊之一。

"他的学校报告说他眼睛下方有淤青。罗伯特说他母亲打他，他母亲否认了。因为没有独立的目击证人，事实依旧不明——不管怎样，我们知道路易斯夫人说了谎。"

他们确认布兰达是格洛丽亚的最爱，韦恩在逃学。最后终于开始提到我了。

"凯文现在非常公开地表示对自己的母亲没有感情，他恨她。我对他们之间的互动进行了观察，发现他们之间一点爱都没有，而且当然可以说凯文不是路易斯夫人的最爱。

"当凯文被给予爱的时候，他可以是个非常可爱的小家伙。只要给他爱，他自己就会予以回报，而且可以非常钟情。他可以有礼貌而令人愉快，体贴而渴望讨人喜欢。他有一种神秘的、几乎是过于复杂的自我分析能力，他分析自己的需求和想法，并把这些分析用语言表达出来。另一方面，我也见过他跟母亲有冲突时气得脸发紫。他是相当严重的肉体惩罚的接受者，现在学会了反击。

"不管是什么原因，现在凯文和他父母之间几乎没有爱。凯文给人的印象是一个严重缺乏并迫切需要一些爱的孩子。只要有人对他表示出一些关照（如他学校的年级主任），他就依赖上他们。凯文自己当然也促成了他和父母之间的敌对关系，但是这并不能改变这样一个事实：很可能他的一些基本需求没得到满足。

"凯文现在的状况是正在被混乱淹没，或许我们需要在隧道尽头提供一束光。"

我猜想，那正是一个人所能寻求的——隧道尽头的一束光。

第三十章　反思

我有好几个理由要写这本书。我要告诉洁姬我的故事，这样她才会理解我为什么是现在这个样子。看着我的儿子长大，我产生了一些想法和感受。我想把它们理清楚。另外，我想让人们了解那些刚开始打拼生活时一无所有、无人可求的人是什么感觉，对于那些和自己不一样的人，我希望人们能够让自己多点宽容和谅解，看看是什么把他们变成了那个样子。

从某些方面来说，这是个很容易讲的故事，因为我就曾生活在其中，对每个阶段的记忆都清晰得可怕。有些我很喜欢写，但是其他一些要重新经历却是非常令人痛苦的，因为让我想起了自己小心翼翼遗忘了的事情。试图让这本书出版的想法更让我害怕，我担心自己是在出卖灵魂，而且想到我一旦对外界提交了手稿后，出版商和大众可能会问我很多问题，我就发怵。我认为它会帮我驱逐心中的恶魔，或许一切都结束之后它真的可以，但是，它也有可能会释放出我一直小心封锁的其他的恶魔。

当我回顾我截至目前的生活时，可以发现自己是多么幸运。事情本来极有可能往不同的方向发展的。当我听新闻说有孩子被虐待和被谋害时，我完全明白他们经历了什么。我明白是什么让孩子们走向犯罪和卖淫，明白贫穷是怎样毁了他们的生活和灵魂。

我自己已经从那里面逃脱了出来。

因为我挣扎着想尽可能地远离自己的童年，所以我一直想要做正确的事情，每次都是这个想法驱使着我去做下一件事情。洁姬改变了我的一切，为此我打心眼里欠她很多感谢。我迟来的感谢还要送给大卫叔叔和亚伯勒的所有工作人员，我在那里期间，是他们给了我慰藉和安全；感谢科林·史密斯，是他的坚持不懈让我遇到了艾伦和玛格丽特，也是他带我认识了音乐。然后是吉妮，她在我最艰难的某些日子里，给了我喘息的机会；还有艾伦，是他给我播下了抱负的种子；还有那些跟我风雨同舟的朋友们。然后还有我的孩子，他们以自己永远不会懂的方式，带给了我那么多的幸福和快乐。

我感谢我的哥哥韦恩一直跟我保持联系，我感谢所有那些不知道自己以某种方式帮助过我的人，比如正在花时间读这本书的你们。

我看到了因果报应，现在我的父母都老了，需要爱、安慰和支持，但是没有人搭理他们。我一直不能下定决心把他们当作正常的祖父母对待并带孩子们过去拜访，所以他们还得继续等待。他们两个依然离群索居，被家人遗弃，也没有朋友。他大部分时间都耗在酒馆里；她坐在家里，迫切想找人作伴，但是连一个朋友都交不到。我的兄弟姐妹们没有一个人设法以我这种方式逃离。我相信罗伯特还在游艺集市，我从别人那里时不时听到他的消息。韦恩跟格洛丽亚住在家里，一直住到三十岁，现在和他女朋友的父母住在一起。我的三个妹妹一共生了十五个孩子。他们都住在贫民区的糟糕的公寓里，每一分钱都靠政府资助。他们现在被困住了，只能等着孩子们长大之后自力更生，但是那些孩子到时候也毫无工作经验，谁会雇佣他们呢？我希望他们不会跌破安全底线太远。

尽管已经过去了十年，我还是很想念艾伦。我感觉我的生活终于开始了，我本想与他一起分享的。到目前为止，我对自己的生活并不完全满意，但我终于有了一个家，我支撑它，它也反过来支撑我。我满脑子想着下一步要做的事情。我和洁姬卖掉了我们梦想的房子，换取了建立下一阶段生活所需的资金。我还不完全清楚自己将要做什么，但是有生以来第一次，我有了选择权。我喜欢写作，想继续拥有写作的自由。目前，我正在写我的第二本书，这次是一本小说。我喜欢发明东西、寻找新的机会。要做的事情太多了，很难选择。我们都那么爱我们的房子，里面承载了那么多幸福的回忆，对它说再见非常艰难，但是我们必须要走下去。可能一开始没有任何人指引我的生活，但是现在我有了自己的经历可以回顾，它告诉我，你必须不断尝试，不能待着不动。如今我的热情都放在了学习上。我一连几个小时沉浸在书本中，从研究达芬奇到金融市场方面必学的一些最复杂的方程式，从伟大探险家的故事到木工和富有创造性的结构。

我不再害怕自己是谁。那么长时间以来我都想成为别人，但现在我终于很高兴我是我自己。音乐依然是一个非常有释放力的影响，我现在时时刻刻都唱歌，必须承认我唱得非常难听，尤其是当我独自一人开车的时候。其他司机必定觉得这一幕很奇葩。我的音乐口味多元化，从拉赫玛尼诺夫到梅西·埃丽奥特，从玛丽莲·曼森到猫王。

我还梦想着自己想要实现的其他事情。我想拥有一栋周围有点土地的房子，这样我想要安静的时候就可以安静，我还想和洁姬一起环游美国和加拿大。我想再多一些经济保障，摆脱最后的一点忧虑，我还想能够按响纽约证券交易所的门铃，那对我来说一直象征着自由。

我有时会去当地的乡村长距离散步，广阔的大地帮我清醒头脑并思考未来——我极少再琢磨过去的事情。

我知道有一天我会拥有自己的田地，闻着甜美的空气、听着风儿唱着歌穿过我亲手种植的庄稼度日。现在看来似乎一切皆有可能。如果我明天失去了一切，那我后天就站起来重新开始，因为我已经学到：我们拥有的最珍贵的东西，就是生命本身。

这些日子，我想尝试生活能提供的一切。我对极限运动完全没有抵抗力，或许我想念被提升起来的肾上腺素。我还想学绘画，我还尝试了学钢琴，不过弄得我的指关节疼，那是之前打架留下来的伤。我知道自己画得不太好，但是我发现我每画一幅新画，就能更自由地表达自己。我对做饭也很有热情，并且永远不会心安理得地使用生鲜农产品。我喜欢送孩子们上学，喜欢琢磨新机会。

今天，我很幸福，从一件事跳跃到另一件事，根本停不下来。不得不对付别人的所有那些压力都没有了之后，我甚至连暴食症都不再犯了。每逢圣诞节或生日等家庭场合，我甚至比孩子们还要兴奋。他们告诉我圣诞老人每年都来我家，但是他每次到访的时候，我好像都出去了或者在车库。孩子们最爱的时光是逗乐先生现身表演手偶的时候，家里爆发出兴奋和幸福的欢笑与尖叫。每当他们开生日派对，所有的朋友都给他们带来礼物时，我必须要紧紧地控制住自己的感情，防止我为他们感到的高兴和对自己生日情形的回忆泛滥。有时，夜间熄灯之后，我会把头背向洁姬，这样她就不会看见我眼里的泪水。不过现在那都是幸福的泪水。现在，我要坐下来，举起一大杯红酒，敬每一位在我生命的头三十年里帮助过我的人。也感谢你们阅读这本书——你们让这一切都值了。现在是时候去继续完成我的梦想了。

图书在版编目（CIP）数据

小家伙：一个真实的故事 / (英) 路易斯著；张富华译. —上海：华东师范大学出版社，2015.12
（独角兽文库）
ISBN 978-7-5675-4394-2/I.1469

Ⅰ.①小⋯ Ⅱ.①路⋯ ②张⋯ Ⅲ.①自传体小说—英国—现代 Ⅳ.①I561.45

中国版本图书馆CIP数据核字(2015)第294030号

THE KID: A TRUE STORY by KEVIN LEWIS
Copyright © 2003 BY KEVIN LEWIS
This edition arranged with THE BUCKMAN AGENCY through Big Apple Agency, Inc., Labuan, Malaysia.
Simplified Chinese edition copyright:
2016 EAST CHINA NORMAL UNIVERSITY PRESS Ltd
All rights reserved.

上海市版权局著作权合同登记 图字：09-2015-205 号

小家伙：一个真实的故事

著　　者　（英）凯文·路易斯
译　　者　张富华
特约编辑　李立东 史芳梅
项目编辑　陈 斌
责任编辑　许 静
译　　校　陶 稀
封面设计　卢晓红

出版发行　华东师范大学出版社
社　　址　上海市中山北路3663号 邮编 200062
网　　址　www.ecnupress.com.cn
电　　话　021-60821666 行政传真 021-62572105
客服电话　021-62865537
门　　市　（邮购）电话 021-62869887
地　　址　上海市中山北路3663号华东师范大学校内先锋路口
网　　店　http://hdsdcbs.tmall.com

印刷者　上海盛隆印务有限公司
开　　本　850×1168 32开
印　　张　7
字　　数　120千字
版　　次　2016年1月第1版
印　　次　2016年1月第1次
书　　号　ISBN 978-7-5675-4394-2/I.1469
定　　价　35.00元（精装）

出版人　王 焰

（如发现本版图书有印订质量问题，请寄回本社客服中心调换或电话021-62865537联系）